魔女怎麼會像我這樣天生殘缺？

魔女に生まれたはずなのに、なんでこんなに苦しまなきゃいけないの！？

我與狼少年的魔幻任務

夏嵐

EMO

人物介紹 Characters

雪碧

天生半聾，連帶影響表達能力，因為自卑而很少主動與同儕交際。雖然個性慢熟、容易負面思考，但凡事也有自己的原則，不喜歡爭取他人的認同。雪碧與工作勤奮的父母住在負責收留受傷賽馬的馬匹養老牧場「漢克沃德」牧場。

沙賓

來自於能隨意變身的北方索維奇狼人家庭，外型黑髮俊帥，濃眉金眼，身上有著危險的氣息。隻身旅行到迦農市時被獵狼者誤打成重傷，經過雪碧的調養之後才活了過來。

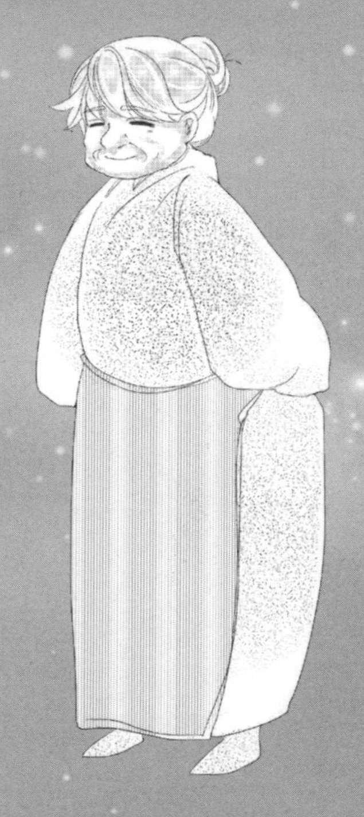

翠祖母

雪碧的祖母，獨自隱居在森林的小樹屋中，活動能力良好，但因為胃不好，時常需要臥床，不願意打擾雪碧家人而選擇獨住，也是家族中的神秘人物，但在雪碧小時候跟雪碧很親，認為雪碧的半聾是上帝給的禮物。

魯克

因為年邁被棄養於牧場的母駱馬，個性愛抱怨愛批評，毛髮灰白但毛茸茸的四肢十分靈活，是雪碧的農場座騎。

胖胖

最喜歡趴在室內睡大頭覺的中年牧羊犬，因為牧場內不養羊，寄宿的馬匹也很聰明，無用武之地的胖胖就整天游手好閒，但需要保護主人時則非常忠心勇敢。

CONTENTS

一、悲劇的夏天

橘色小收音機播著斷斷續續的鄉村樂音符，午後的風兒吹過草葉，遠方的老式耕耘機劃過田地。因為暴風雨剛過去，鳥兒們在秋風中歡慶著晴天的回歸。牠們啾啾歌唱，成群合音，彼此用歌聲聊著天。

若移除掉耳邊的助聽器，這些聲音，我幾乎是聽不見，只能幻想。

當我獨處時，聽不見，不算什麼壞事。前陣子也終於結束了上學期的修業，在升高二之前，不用看見那些老愛嘲弄我的同學，真是可喜可賀！

我在晴空下伸了個懶腰，綠油油的草枝歡欣晃動，林間的葉子開始鑲上了金邊，颯爽的空氣也驅走了夏日的高溫。

「歡迎你來！秋天！」我在心底說。與其用自己也不知道標不標準的語言發音出來，倒不如在心底對自己說話，聽起來完美多了。

我天生半聾，連帶影響到說話的口音，雖然爸媽和學校少數幾個溫柔的老師都極度

努力想讓我早日正常說話，但我自己明白，那終究是不可能的任務。

不讀高中，當一名普通的牧場少女，每天做著不需要與人溝通的的工作，不管是農活，或者繼承家中的牧場，照顧牲口，我都甘之如飴。不過！因為爸媽堅持往後的工作需用到學歷，我還是得咬著牙，邊忍受同學，邊得把高中念完才行。

我墊在腿下的紅格子野餐布，帶著青草香。已經空蕩蕩的野餐籃中，如今也只剩下蘋果派的奶油味。

這是一個典型的美好早秋午後，我在充滿牧場、公路與草原的遼闊迦農市。我爸媽開設了這座「漢克沃德」牧場，專門收留受傷賽馬與產後恢復的母馬，也養一些雞、照顧鄰近的果樹。

正當我獨處歇息時，不遠處的柵欄旁，黑背相間的短腿柯基牧羊犬胖胖，懶洋洋地吐著舌頭，絲毫沒有狗狗電影中牧羊犬應有的幹勁。相反地！已經中年又開始長骨刺的胖胖，用歪斜慵懶的姿勢小跑步著，朝我而來。

「點心我都吃完了，沒有了！」我對胖胖說。

動物是不會在意你發音標不標準的，只是會裝傻而已。只見胖胖毫不疑惑地將長鼻

子伸入籃子確認我說的話，發現真沒食物了，便重重地嘆了一口氣。

「嗚、嗚！」隱約聽見牠這麼抱怨道。

「再吃，會胖到走不動喔！你不想再被隔壁牧場的小威搶走球了，對吧！」我摸摸胖胖的腦袋。小威是隔壁農家的俊美牧羊犬，長得正是八年前胖胖的模樣，又瘦又健美。

不過，比起小威，我當然更喜歡此刻有些老態龍鍾、黏人愛撒嬌的胖胖。黑身白肚的胖胖，擁有一張頗為憨厚喜感的黑臉，配上黃色圓點眉毛，短腿大耳朵。不像校內那些同學總是捉弄我，胖胖總是吐著舌頭微笑，也從不會學我親戚長輩，用同情可憐的眼光看我。用濕濕的鼻子磨了我幾下之後，胖胖在野餐巾上轉了幾圈，緩緩窩下。

我問牠：「牧場今天有什麼新鮮事嗎？學期都結束了，那些討厭的同學應該沒有一直打電話來問我作業了吧！」

據說十年後，科學家會發明手持電話這樣的鬼東西，現在每次都得跑到廚房接電話，已經夠麻煩了，我真不希望過上那種隨時被人打擾的日子。

胖胖每當聽到尖銳電話聲，即使我在大老遠的牧場某處，胖胖都仍會殷勤地吠叫幾聲，提醒我有電話。

「不接！不接！別叫了！」我也會嫌牠雞婆。雖然半聾，但胖胖的吠叫響徹雲霄，總讓我倍感打擾。

胖胖雖然一臉委屈地停止吠叫，但從牠不斷抖動耳朵的狀況來看，電話還在響。

「爸媽怎麼不趕快去接呢？」午間時刻，通常是爸爸照顧完馬匹、清理完馬廄、回廚房與媽媽一起喝茶的時候。不過，今天似乎沒有半個人在廚房。

「唉……」怕是什麼足以影響牧場未來的大事，我心不甘情不願地起身接電話。然而，等到我跨過柵欄、穿越馬廄、離開這片青草地回屋時，電話鈴聲大概早就終止了。

「你看吧！鈴聲停了！」雙肩一聳，我無奈地朝著尾隨在後的胖胖嘆氣。不料！電話聲停了幾秒，又再度響起。

「真是鍥而不捨啊！」我勉強加速衝進鋪滿鵝黃磁磚的溫暖廚房，接起電話。

「請問漢克先生出發了嗎？」電話那頭是個很有禮貌的少年聲音，背景音有些吵雜，但我聽力有限，分不出在哪裡。

「什麼？我爸爸嗎？」我想了想，爸爸完全沒提過今日要出門，更不知道他們要去哪。

「不好意思，我是鐵路局的助理，漢克先生方才緊急訂了下午四點出發的火車票，說要前往萊華市，不過他一直到現在都還沒來！後面候補的人很多，我們有必要用電話確認是否棄票？」

我無法回答任何問題，只能用不標準的聽障少女口音說：「謝謝！但我爸爸不在，我也不知道他去哪了？」

真是一通讓人不安的電話。

我望向湖水綠的舊冰箱。以往家人出門前多半會在這裡留言，但今天卻是一張便條紙都沒看見。

廚房的爐子雖關了，但摸起來仍有餘溫，媽媽也匆忙出門了嗎？

「媽媽！妳在嗎？」我連忙走到玄關，媽媽最常穿的深黃外出靴不見了，看來她真的出門了！

心中開始有不好的預感，是爸爸急忙出門卻出事了？結果媽媽趕去找他？還是夫妻倆根本就是一起匆匆忙忙出發的？

「爸爸又為什麼忽然要訂票前往搭臥鋪火車、前往明天才到得了的萊華市？我們的

生意夥伴不都在隔壁鎮而已嗎？」我喃喃自語，胖胖也疑惑地仰頭望著我。不過，牠的憂慮一向無法持續超過一分鐘，轉眼間胖胖又回廚房東聞西聞，想撿撿看地上有無肉屑可吃。

「沒有啦！快出去！狗狗不要來廚房。」我拉著胖胖的肥脖子，主僕倆坐回玄關對面的客廳，深色木板上鋪著簡單的草綠色地毯，貼有碎花壁紙的牆上掛著爸媽青春幸福的結婚照、我的嬰兒照以及以前曾為牧場帶來名氣的明星動物們的照片。無論是傷後復出的賽馬、還是先前曾拍過電影的明星狗狗，都曾是我們漢克沃德牧場的驕傲。縱使！我們大多時候只會飼養著平凡的動物，普通而簡單地生活著，那對我而言也就夠了。

現在同學間流行著的大城市裡的生活，我根本不屑一顧。

「反正他們暑假就儘管去旅行、去花錢吧！我待在這鎮上，每天看著動物就夠了。」

雖是賭氣地說著反話，心底當然有些不甘心。不願獨自坐在屋裡怨懟，我走上草原。

「好舒服的風……」初秋的風總是少了些濕黏、多了點清爽的感覺。我的金色瀏海在風中飛舞著，身心也變得舒暢起來。就在我伸著懶腰時，胖胖發出了警告的吠叫聲。

「汪！汪嗚！」隨後，牠挪動著圓滾滾的身軀，如臨大敵般往柵欄盡頭猛衝！

「嘶！嘶！」放牧的一群馬兒也緊張了起來。

這瞬間！我的心起了一陣撼動。像是忽然遭遇到地震的湖泊表面般，狂亂不已。要發生大事了！

「怎麼了？胖胖！」我高聲喊著，跟在牠後面跑了起來。

不過，胖胖的神態轉眼又變得沒那麼緊繃，牠雖舉起尾巴警戒，但跑步時頭往上仰的角度，卻像是在好奇。

嬌小的我一下子就鑽過柵欄，往胖胖停下的方向奔馳。

胖胖嗅聞著草叢裡的東西。先是一塊布料映入我的眼簾，隨後……

一個渾身是血的屍體躺在草地裡。胖胖用前腳撥著他，有些畏懼的模樣。

「不要碰他！胖胖！」萬一有什麼寄生蟲就慘了，畢竟是屍體……就當我這麼想時，胖胖卻伸長舌頭試探地舔了一下對方的臉頰……

「啊！」看見屍體動了一下，嚇得我瞬間往後跳。

既然還會動的話，表示對方還活著？我望著這一團團鮮血與破布下方……因俯臥而難以看清楚的臉孔。

是個黑髮少年，長長的瀏海幾乎覆住了他的全臉，血污也蔓延到耳朵與鼻子。這種渾身鮮紅的可怕狀況，根本讓人難以分辨他是哪裡受傷了。

「胖胖！去叫威爾斯醫生！」我一說完，胖胖就露出疑惑的臉，隨後不知所措地轉了好幾圈。

「嗚汪！」牠浮躁地吠著拒絕我。

威爾斯醫生其實是附近的獸醫，平常都是他來幫我們牧場的動物診治，因為最近的人類醫生離這裡有半小時車程，此時只能求助於威爾斯醫生了。

「就是每次來幫你打針、檢查身體的威爾斯醫生！放心！不是叫醫生來看你，是來看這個少年的！」我對胖胖說完，牠重重地嘆了口氣，想了幾秒，才用臃腫的身體拔腿奔離。

目送胖胖烏黑亮麗的背部毛髮迎風揚起，我努力將少年翻了過來，讓他正面上仰。

「這樣應該比較好呼吸吧！」我將手指伸向少年，他的確有鼻息，但十分微弱。

就在我發現雙手都已是血時，胖胖來了。

然而，牠身後跟著的不是滿頭白髮的威爾斯醫生，而是……

「你們在鬧什麼啦！」

經我這麼一罵，胖胖身後的牧場常駐居民──栗子色與灰白斑點相間的母駱馬魯克，朝我打了個好大的噴嚏。

「要你去叫醫生不叫，帶魯克來做什麼啦！」我真是快被這群小笨蛋氣死，只見胖胖朝我轉圈吠了兩聲，一臉無奈。

「啊！難不成是威爾斯醫生正巧出診，不在家裡？」

胖胖點了點頭。看來這也沒辦法了，我打算先將這個醒目的少年移到穀倉去，不過，就這麼隨意搬動病患真的可以嗎？

我不是個樂觀又有決斷力的人，但遇到關鍵時刻，我還是只能面對。

熱情的母駱馬魯克雖然個子巨大，卻不斷往下伸長脖子聞著少年。

「怎麼樣魯克！妳看他是哪裡受傷呢？」我索性問這頭自以為是醫生且愛管閒事的駱馬。

沒想到！魯克很快就用絕佳嗅覺，找到少年受傷的地方。

我以前跟叔叔打過獵，一眼就能看出這是來福槍的子彈。一槍在少年大腿上，一槍

在背上。而少年身上的血跡，似乎有些不是他自己的……

「還是先報警吧！不然至少也得請人類醫生來看看，恩……還是要找威爾斯醫生來呢？」就在我暗自傷神時，魯克已經擅自伸著脖子，將少年拱到自己背上！

胖胖呢？牠竟也幫著銜住少年的衣領，就在我震驚不已時，這一駱馬一狗，已雞婆地將他扛向穀倉！

「喂！等一下！」我追著牠們。

經過一番折騰，我們勉強將少年安置在穀倉的木板床上。

我跑回屋內拿了舊被子墊好他的身體，畢竟迦農市的夜晚是溫差很大的。

雖是暫時通報了威爾斯醫生晚點來看診，但我的心情仍非常忐忑。胖胖與魯克則圍在少年身邊，又好奇又焦躁地等待。

少年偶爾有眼皮抽動、吞嚥等動作，卻從沒睜開眼睛！

「該不會撿了一個麻煩回家吧！若有什麼問題，我唯你們是問！」雖是這麼威脅著，其實我也只是希望有人幫忙排解不安吧！

這時的我還不明白，自己豈是撿了個麻煩，根本是開啟一道不該開的災禍之門！

第二章、命定的追尋

黃昏將至，胖胖與魯克的注意力，已經能從牠們飢腸轆轆的表情中看出端倪。

「餓了？對吧！」其實我自己也很餓，但媽媽還沒回家，我甚至也不知道她去了哪裡？只能先讓胖胖把馬兒趕回馬廄，至於魯克，則留守在倉庫床畔，等著少年甦醒。

「這樣下去不行……」等不到威爾斯醫生，我翻找著倉庫先前才進貨的各式動物藥品，決定先給少年施打一點麻醉劑。

用厚重的計算機敲了幾次之後，總算確定劑量。

接著，我拿出用火焰烤過，酒精抹過的小刀，將少年的子彈取出來。

「唉！真麻煩！好可怕……」一面抱怨，我回憶著爸爸以前是如何照顧被流彈打中的傷馬，依樣畫葫蘆。

所幸傷口不複雜，掀開皮肉之後，我毅然接連取出兩顆子彈，再用針線縫合。

「啊！」就在縫下第一針時，或許是麻醉劑量太輕，少年忽然閉著眼從床上彈起，

朝我的臉揮了一拳！

「唔！唔！」魯克發出驚訝的咕嚕聲，連忙靠過來用前蹄、使出全身的力量將少年壓回床板。

「還好！他還沒完全醒透，大概只是單純因為痛！」我又打了一點點麻藥在他的傷口附近，雖想速戰速決，但顫抖又笨拙的手勢，還是讓縫合工作進行了將近一小時。

「天啊……好餓……好累！」看了我的綠色腕錶，一晃眼已經九點了！

一面擔心爸媽，一面又因餓得胃痛的身體而煩躁，我披起披肩，正準備走過入夜後的牧場、回廚房拿點東西吃。

遠方，有人提著黃色手電筒而來。

「雪碧！」低沉的中年男聲，略矮卻壯碩的身形！

「威爾斯醫生！」終於等到一個熟識的長輩，我激動地舉起手朝他大喊。

「牧場柵欄的線燈都是關著的，一看就知道沒有大人在家，太危險了，等等妳要記得把它開起來呀！」威爾斯醫生隨著燈光走進，慈藹的臉龐中帶著一些焦急，說話也微喘，可見是匆忙趕來的。

「雪碧！我方才去鎮上行醫，這才看到妳在我家後門上留的字條，病患呢？在哪？」

不愧是醫生，顧不得其他就開口詢問。

我連忙指向穀倉床板上的少年。

威爾斯醫生一面溫柔動手查看他的狀況，一面說：「早些時間我有打電話，不過怎麼樣都沒人接，我乾脆親自過來通知妳！妳爸媽今晚不會回家，要留在隔壁鎮，妳爸爸放出去的債被倒了，如果沒趕快處理，也許牧場就要賣給他人了。」

晴天霹靂！我就知道媽媽和爸爸不會忽然無故離家，從我有記憶以來，我們半慈善半營生的牧場就撐得很辛苦，偏偏爸爸總是給客戶方便、款項不急著收，先前也被倒過小債，沒想到這次……

「妳也別太擔心，我是想，與其讓妳擔心驚慌，不如一開始就把這些事情說明給妳聽。妳爸媽剛也跟我通過電話，她們住在候靈頓的親戚家，明天會去萊華市找律師處理錢的事。」聽到威爾斯醫生沉穩的語調，我也只能勉強放心。他聽了少年的心跳，又查看了一下他的眨眼反應。

「好了，看來這少年已經脫離險境，我可以問妳是怎麼做的嗎？」

雖然挺不好意思的，我只好把方才的半吊子作法告訴醫生，以讓他做出進一步的判斷。

「縫得不差呀！雖然用麻藥是有些風險，但如果妳方才不處理，等到我來，恐怕也太慢了，辛苦妳了！雪碧。」威爾斯醫生拍拍我的肩，我這才有如釋重負的感覺，一陣壓抑已久的放鬆感伴隨著眼淚奪眶而出。

母駱馬魯克不捨地伸著脖子頂著我，黑臉黃眉毛的柯基犬胖胖也舔了舔我的手，像是在說「辛苦了」。

「少年應該不久就會清醒，我會通告警方，讓他們來調查他的身世，不然妳一個女孩子收留他在這裡，也挺不保險的。」

「好！」我也認為這個陌生少年是個燙手山芋，他恐怕被捲入什麼危險的事件，才會弄得一身傷。

「但是，威爾斯醫生，警察之後會把他帶走嗎？安置到哪裡呢？」

「鎮上有與政府機關配合的醫院，妳不用擔心。對了！妳很餓了吧！來！這個拿去

吃吧！」威爾斯醫生瞇眼微笑，從大衣中掏出一塊有些被壓扁的熱狗麵包。

「嗚、嗚、嗚！」貪吃的胖胖立刻激動起來，我只好先下手為強，狼吞虎嚥地把麵包吃了。

「狗狗不能吃這麼鹹的東西喔！你要認分啊！不要老了膽固醇高，又要找我拿藥喔！」威爾斯醫生哈哈大笑，拍了拍胖胖的背。

聽到要吃藥，胖胖縮到一旁，大大的耳朵抖了抖。

由於威爾斯醫生已經奔波一天，我一向不如同齡的女孩那麼依賴長輩，便主動送他出牧場。

「接下來就好好洗個澡，睡覺吧！」我回去將穀倉的門鎖上。反正已經在床頭留了溫水壺與一點麵包，就算少年半夜清醒，應該也沒問題吧！才這麼想時，就看到魯克激動地在穀倉旁踱步。

「怎麼了？啊！他不見了！」我望著穀倉內的空床板，大吃一驚！

甦醒的少年會去哪？是逃走了嗎？

「搞不好是聽到醫生說要通報警方，才匆匆逃走的。算了！這樣也好啦！他留著我

很麻煩，他被警方押走，我也會過意不去。」一向消極的我，卻也不禁鬆了口氣。

「洗澡！洗澡！魯克，回房舍去吃草睡覺！胖胖，進屋了！」我發號施令，就這樣鎖上倉庫的門。

「啊！萬一少年又折回來，該在哪裡休息？」雖然這個念頭一瞬在腦海間閃過，但是基於防範心態，我還是將倉庫鎖好，把牧場柵欄的夜間警示燈打亮。

「爸媽都不在，忽然變成一家之主，我也得更謹慎才行啊！」

沒想到因為缺乏朋友而顯得無聊的暑假，竟有這樣的收尾。一想到未來牧場的事，原本就不樂天的我，也只能頻頻嘆息。

我望向馬廄的方向，那些安睡沉靜的馬匹，還不知道我們家出了這種大事吧！牠們未來會被賣掉嗎？會過得開心嗎？光想到這樣，我就感到如坐針氈。

「汪！」就快走到廚房後門時，胖胖又發出了一聲提示吠叫，同時露齒嘶吼著！

「怎麼了？草叢又有什麼？」我才戰戰兢兢地拿著手電筒探看……

黑髮少年倒臥在後院台階上。

顯然他努力移動到這裡，卻體力不支，再度昏過去了。

「喂?醒醒啊!」原本以為送走一個麻煩,沒想到對方根本只是移動到廚房外頭而已,我和胖胖為了將他扶起,便搖搖晃晃地跌進廚房。

打開室內的暖黃燈光,我嗅到少年身上的氣息。他的鼻息竟然已經如此明顯了?看樣子真的好轉不少!

才這麼想著,少年因為我的觸碰而猛然睜開眼睛。

「你!」他用力地抓住我的手臂,原本防備的金色雙眸中,竟然有著虛弱的喜悅。

「我……我終於找到妳了。」少年苦笑道,溫熱的吐息劃過我的髮絲。

「汪!汪!」胖胖用力伸出短腿將少年的手撥開,不希望他碰我。當少年厭惡地看了胖胖一眼,牠竟露出害怕的眼神,轉眼縮回我身後去了。

「不要碰我!」我硬是掙脫少年炙熱的抓握。「你到底想怎麼樣啊!」

「妳是雪碧,對吧!」少年如蜂蜜般濃金的眸子,彷彿能望穿我的靈魂,直到最底。

「我終於找到妳了!」

看樣子他似乎放下了心中大石。

我完全搞不懂一個看似被追殺的少年,為什麼會說出這種話。

「等等！你穀倉不待，跑來廚房做什麼？你是肚子餓了嗎？」

少年訝異地環視廚房半掩的門，似乎沒聽懂我的推測。

「我是來找妳的！」

「啊！」我尷尬地反問：「難不成！你是因為我送醫生離開，一時看不到我，才衝出穀倉找我的嗎？你以為我在屋子裡，所以想進門，卻體力不濟昏倒在這裡？」

少年似笑非笑，不否認。

「好！總之你沒事吧！應該不會死在我家吧！」我對於他深邃如冰的眼神一點興趣也沒有！只怕今晚勉強再度收留這傢伙，明早就會多了具屍體。很抱歉，但我就是這麼個不近人情的孤僻少女。

少年一點也沒被我的問話冒犯，只是露出虛弱而真誠的微笑。「我不會隨便就死的，因為，妳救了我！」

胖胖似乎被鼓舞地搖了搖尾巴，我則搔搔頭。

「話是這麼說沒錯啦！但傷口應該也還是很痛吧！」

少年沒有回答，只是一直凝望我的雙眸，彷彿仍沉浸在找到我的喜悅中。

我並不是那麼容易害羞的人，但此刻也真的感到極度尷尬，便起身說道：「好了！那今晚也不要趕你去穀倉了，我現在可沒力氣扶著你走那麼遠！胖胖會陪你在客廳休息，你可以睡沙發，如果不習慣的話，地毯上也可以睡，我拿被子給你。」

胖胖聽到要跟陌生人睡客廳，發出嗚嗚的抗議聲。

其實，胖胖一直是隻很親人又友善的狗，但從牠望著少年的眼神來看，我明白牠一點也不信任他，甚至有些討厭他。

我實在餓到無法思考，便先在廚房弄了點食物，端到客廳和少年一起吃。胖胖也分到了幾塊肉，樂得合不攏嘴。

「你有名字吧！還有，你剛剛說『終於找到我』，是什麼意思？」

這個少年接過盤子的模樣不卑不亢，從頭到尾連句謝謝也沒說過，看樣子跟我一樣是不擅長與人相處的同類。甚至講難聽點，他沒有人際交往之間的禮貌與常識，我懷疑他根本平常就是離群索居。

這樣的人，來找我做什麼呢？

「我叫沙賓，來自北方的索維奇。我奉命要來找妳，不過，過程中有人阻撓了我，

才讓我這麼狼狽地出現在妳身旁。」沙賓接過食物，狼吞虎嚥地邊吃邊說，雙眼則是炯炯有神地盯著我，詭異至極。

「總之！我也趕到了，暫時沒問題了。」

真是個自說自話的傢伙，搞不好是精神病院逃出來的病人？我雖然擔心，但也顧不得吃相了，爸媽不在家的煩躁、沙賓的出現、牧場的經營危機，一切都讓我餓得能隨時吃下一頭牛。

我、胖胖與少年沙賓，就這樣不發一語地狂吃著遲來的晚餐。

等到我擦著嘴上的蕃茄醬時，才有空細細打量沙賓的外貌。黑髮毛躁地往上梳，露出平整光潔的瀏海，眼角有著擦傷，更顯出他金亮眸子的銳利。整體的骨架瘦但也精壯，比我高上兩個頭，赤裸的腳掌寬大厚實，看起來是長跑能手。

因為是在自己家，我也鬆開綁在耳側的金色麻花辮，揉了揉後腦杓，試著放鬆點。

但沙賓瞧向我的銳利眼神，卻怎麼樣都讓人很在意。

「那個……沙賓，用來福槍射你的人是誰，你知道嗎？這樣應該已經觸犯傷害罪了，最好提供外貌給警方辨識！」我正想委婉地說服沙賓跟警方接觸，他卻始終警戒地

望著我身後的窗外。

「嗯！窗戶外有什麼嗎？你是怕傷害你的人找上門嗎？」看見沙賓這種鬼樣子，我已經認真考慮立刻就叫警方來一趟！

「沒事！這只是我的習慣，不必在意。」

誰會不在意啊！我真想吼他。

將髒碗盤收走時，沙賓仍是連句「謝謝」或者「麻煩了」都沒說，一副已經在這裡住了大半輩子似的沉穩神情，坐在沙發上繼續望著窗。

說真的！漆黑的牧場草原，並不是讓人特別愉快的景象。今晚風大，摻雜了點雨，也讓人的心情煩躁不安。

沙賓望得那麼入神，一定有理由。但我真的沒空跟他耗了，洗完盤子之後就帶著胖胖躲回房間，當然，房門也牢牢上鎖。

「我才不管那個人呢！如果他半夜要走，或者發生什麼事，只要我和胖胖平平安安就好。」我努力說服著自己，鑽進被窩。

這混亂的一晚，暫且結束。

三、沙賓的來意

伴隨著晨光與胖胖的舔拭起床時，我揉著睡眼推開牠。

「好了！我知道了，餓了想吃早餐是吧！還是想出門去尿尿？」

胖胖看到我醒來，興奮地在床上轉圈，轉眼又伸著小短腿跳到門邊，等我幫牠開門。

「那傢伙沒問題吧！」恢復意識後的第一個煩惱，就是在意少年沙賓是否有安分地在客廳休息？

畢竟收容一個精神可能有異常、背景又複雜的少年，家裡萬一有什麼東西被偷被毀，大概也不奇怪。

我緊張地推開房門走向客廳，被子雜亂地擱在沙發上，綠色木質大門的門縫半開，除此之外，房子看起來跟昨晚一樣，地毯平整，碎花鄉村風壁紙、家族相片牆、樑上垂掛的綠油油藤蔓、各式瓷製擺飾也都完好無缺。

胖胖衝向大門時止住了腳步，原來沙賓正坐在前門門廊前，眺望著遠方。

「你！沒事吧！」

「早安！」沙賓回過頭時，露出了一個淺淺的笑容。胖胖則在他腳邊聞了聞，就飛撲到草原上尿尿去了。

「早安！」我搔了搔睡亂的金色長髮，聽著自己的胃發出咕咕叫。「呃！我去做早餐。對了！今天可能會有警察來，你如果有什麼困擾的話，最好一五一十跟他們交待。」

「我已經交待了。」

「什麼？」我不敢相信自己的耳朵。

「他們半小時才走。」沙賓聳聳肩，一臉稀鬆平常地說：「他們只是問我需不需要幫助，從哪裡來，我就照實跟他們說，我從索維奇來找妳過暑假。」

「什……什麼？他們怎麼可能相信！」現在的警察是怎麼回事呀？

「我跟他們說我是你的堂弟。因為妳爸媽要處理債務，暫時不能回家，就由我照顧妳。」沙賓一臉愉快地望著地平線，我則氣得要理智斷線了。

「照顧我什麼啦！」我怒吼道：「是我照顧你才對吧！不要以為假借我堂弟名義就能在這裡住下來喔！你傷好了就給我走！知道嗎？」

面對我的勃然大怒，沙賓露出了平靜而無奈的笑容。

「應該可以說是互相照顧！」他糾正我：「以後！妳一定會有很多需要我的地方。」

沙賓起身，嚴肅地用金色雙眸望著我。「我也是為了這個原因才來找妳的。」

「那……那些傷你要怎麼解釋？」

「因為在林間穿梭，獵人們把我當成獵物，才打傷我的。」沙賓回答完，轉頭望著廚房的方向。「可以請妳去做早餐嗎？我很餓，如果有肉的話，就更好了。」

我氣得說不出話來，看來勢必得再打通電話，請警察把這個冒充我堂弟的傢伙帶走了！

「不能打草驚蛇！我就先勉強配合他吧！」

先出門到馬廄，把馬兒與駱馬魯克放出來吃草活動後，我走回廚房，在平底鍋裡抹上油。雞蛋與鬆餅的香味充滿了整間屋子，胖胖也從廚房後門跑進來，流著口水。

「等我煎完培根喔！」才這麼回答著，胖胖忽然又不安地衝出門，對著天空狂吠。

一陣焦味傳到了我的鼻腔。

漆黑的濃煙，滿佈天空的一角。而起火源，竟是我家的東側馬廄！

「天啊！失火了！」我發現馬廄起火時，胖胖也已經奪門而出，頂著背上的黑黃花紋，像隻粗短的花箭般衝過偌大的草原。

「為什麼會這樣！」跑得上氣不接下氣的我，衝向馬廄。所幸剛剛才把馬匹都放出來吃草，草原上的牠們則驚惶地望著自己的家受烈焰焚燒，發出擔憂的嘶嘶叫。

起火點在馬廄的屋頂！今天是陰天，照理來說不會是被烈日所曬而導致如此，到底為什麼會這樣呢？

正仰頭望著高聳的屋頂束手無策時，卻看見屋頂的茅草上站著一個人影。是沙賓！

「雪碧！把水管甩給我！」

「什麼？」我低頭一看，這才發現馬廄旁的集水站水管已經湧出冰涼的水，看來是有人啟動了出水功能！

「來！」我拿起四處亂噴的水管，利用水本身湧動的作用力，猛力甩向沙賓的腳邊。我力量太小，試了好幾次都丟得太低，但他隨即看準我的動作，俯身一接就抓住了水管！

他轉身對著起火點猛灌。受到噴灑的茅草發出更濃烈可怕的黑煙，沙賓將自己的襯衫拉起來擋住口鼻，即使身體被火光籠罩成可怕的橘色，他也毫不畏懼。

「放心好了！只是煙看起來很恐怖，馬上就能熄滅了！」

「汪！汪！汪！」胖胖一開始還持續緊繃地吠叫，但隨著火勢獲得控制，當純淨的山間強風帶走剩餘的漆黑煙霧，我們都冷靜了下來。

沙賓仍十分有經驗地抓住水管，直到最後一點火星熄滅時，他都仍小心翼翼。

早晨九點的朝陽從雲端探出頭來，美麗的林間山景與遼闊的嫩綠草原展現在眼前，馬群也早已恢復了吃草的好心情。

這時，沙賓才要我將水關掉，握著水管從屋頂一躍而降。

「真是太謝謝你了！平常進水站的操作都是我爸爸在弄的，我只會開水和關水。何況屋頂那麼高，我一時也想不起來修繕長梯在哪，你竟然一下子就爬上去，還真是機警！」

甚至，我一開始沒發現火警時，沙賓已經趕到了。他做事的幹練模樣跟方才討早餐時的懶散神態完全判若兩人，如果能一直維持這種深知世事的模樣，不是很好嗎？

面對我的道謝，沙賓也只是淺笑點了個頭，隨後就直接捧著水管末梢的水，大口喝了起來！

「那個是生水啊！你要喝可以回家喝啊！廚房……啊！糟糕！」

我根本不確定自己有沒有關火，連忙衝回後門查看爐灶。還好，我的確關了火，只是平底鍋中的肉，仍被餘溫燙得太熟了。

早餐的肉片成了肉乾，所幸胖胖與沙賓仍狼吞虎嚥，沒半點不情願。

「算了！做飯給你們吃也是滿有成就感的！」我嘆了口氣，提前體會到母性的偉大。

洗碗我請沙賓負責，方才救災明明非常拿手的他，碰到碗盤卻一副笨拙又暴力的模樣，讓人捏把冷汗。

此時，家裡來了媽媽的電話。

「抱歉讓妳擔心了！我們今天預定要聯絡律師，同時還要去打聽倒債的客戶有無其他可以催款的家人，他是賽馬商會的理事長，聽說債主也很多，只怪妳爸太老實，我們沒打聽好就收了他這麼多馬匹，卻沒跟他收取費用！那些馬每天都要花錢，未來的去向

也是個問題，真希望事情能快點解決！」

「沒關係，我了解，妳們安心啦！我有個同學來借住，他爸媽都出遠門了，恰巧也來找我作伴，我們會打理好牧場的。」

媽媽聽到是我的同班同學，安心許多，直說家裡有個同齡的男生作伴也很好。她們真是不為我的人身安危擔心，讓人哭笑不得呀！

接下來，媽媽只叮嚀我許多牧場的瑣事細節該怎麼處理，要是我一有不懂，就打電話給他們。

「好吧！雖然遲了點，今天的工作總算要開始了！」

牧場每天都有許多大大小小的事務需要打理，有些繁瑣，有些粗重，除了查看所有水電設備、圍欄、燈泡是否運作正常之外，每隻動物的精神狀態也在檢查的範圍，同時牧場裡還有一些上了年紀或者受過傷的馬匹需要特別餵食藥物，這些也是一項大工程，更不用說還要打理三餐、洗衣掃地、整理動物籠舍、清潔家居環境，照顧那幾棵零星的果樹與蔬菜園了。

因為爸媽暫時不在家，這些事就落到我的頭上。不過，與其逼他們立刻回家，我由衷希望他們能優先處理好債務的事情，再放心地回來。

「這段過渡時期，只能先辛苦一點了！」我轉向沙賓。「你也聽到了吧！雖然我不是很懂你所謂的來找我是怎麼回事，但如果你還是想繼續待在這裡的話，每天都要工作，以工作抵食宿，這應該是很基本的要求吧！」

為了怕他不願意，我特別用嚴厲的語氣強調道。

「好是好，不過……」沙賓有些傲氣地回答：「我不是為了做這些事才到妳身邊的。」

看吧！果真如我預料的開始耍賴了，這個精神病患！

「那你說說看啊！你是為了什麼才來我身邊的？」

接下來沙賓正經八百的反應，可是讓我大吃一驚。

「我是為了幫助妳認識自己的身份，才到妳身邊完成使命的。」

「哈！」我不屑地笑道：「講得這麼老派，好像什麼奇幻小說的騎士一樣！我是誰！難道自己還會不清楚嗎？」

「妳的確不清楚！」

「呃……」我拿著馬兒用的行動藥櫃，臨走前氣沖沖地問：「那你倒是說說！我還能有什麼身份？」

原以為能終止這場對話，然而，沙賓所言再度讓我驚訝地別過身去。

「魔女！」沙賓深邃地望著我的眼睛。「魔女！這就是妳真正的身份。」

※※

因為太生氣了，我和沙賓已經一個下午都沒說話，午餐我也不理他，自己做了三明治就帶到草原另一頭吃。

「空有一張臉，看到別人對他好就得意忘形亂開玩笑，這種男孩子真的很討厭！」越想越氣，我根本沒把沙賓說的話當真，只想著他不是精神異常、就是愛亂開玩笑。

我請沙賓負責修繕被燒毀的屋頂，清洗馬廄與馬槽等粗重的工作，我則負責看守牧場內放牧的動物，並在果園吃午餐、睡午覺。若不好好使喚沙賓，真是難消我心頭之怒啊！

胖胖窩在我旁邊，偶爾會往草原的方向清點馬匹數量對不對，盡盡牧羊犬的本分。看到沙賓真的安分地在馬廄爬上爬下，我勉強告訴自己，至少他還能做點事，若有白目之處，也只能暫時容忍了。

「什麼魔女！盡說這種讓人生氣的話！明知道我的聽力和說話能力都不如一般人，竟然還拿我尋開心！」氣還是沒消，此時，遠方牧場圍離邊走來一高一矮兩個戴著高高牛仔帽，看似鎮上裝扮的男子，可以看得出他們是一路步行過來的，部份草原因為要養草，不可隨意開車經過，因此他們大概是從養護區那裡過來的。

「請問，有什麼事嗎？」

「小姐，最近牧場還平安嗎？」為首的矮個子臉有些蒼老，露出和藹的微笑。聽到他這麼溫暖的語氣，我也就老實回答。

「早上忽然有點火災，但已經沒事了。」

「是嗎？」矮個中年男子說話時，穿著格紋襯衫的高個兒不斷地打量整座牧場，視線銳利地四處掃射。

「那牲口還平安嗎？有沒有被咬傷或者受到驚嚇的狀況？」

「嗚？」胖胖彷彿聽到人家嫌牠不盡責，高聲咕噥了一下。

「並沒有您說的那些狀況。」我這才看到高個兒揹在身後的來福槍，警戒地問：「請問是怎麼了嗎？」

「哦！最近我們在追捕一匹大灰狼，牠的毛色在滿月下看起來很像銀色月光，狼的年紀應該還不大，不過體型已經非常驚人了。要是牠站起來，絕對比妳高好幾個頭啊！」

「因為靠近樹林，我們這裡夏季的確會有狼出沒，不過都是一家子狼群偶然路過罷了！到了晚上，我們的牧場圍籬也都會點燈泡並且通電，狼不會侵犯。」我知道他們是好意，但男人們聽了我的話並也不善罷甘休，似乎在小看我。

肯定是看我一個發音不標準、戴著助聽器的女孩子好欺負吧！

「妳爸媽不在家嗎？小女孩！」

我為什麼要對陌生人吐露這種事呢？

「他們在忙！」我指向屋頂上，沙賓也已經起身，警戒地望向這裡。「那是我的堂弟，他也在忙。」

「不好意思打擾了！」矮個兒對高個兒使了個眼色。「我們是獵狼人，專門除害，路過問一下罷了！」

「謝謝！但這裡不需要你們的服務。」我努力做出客套的表情，對他們淺淺鞠躬。

直到男人走遠，我都感覺沙賓的視線在盯著他們。

「該不會，沙賓的傷，是這兩個傢伙那把槍打傷的？」我驚訝地想道，轉頭瞧向屋頂上的少年。

沙賓已繼續進行手邊的工作。

如果照我的邏輯推論，沙賓其實是一隻狼？這也太荒謬了吧！

我感到害怕起來，這種電影情節般的事情怎麼可能在我這種平凡人身上發生呢？一頭狼冒著被打傷的危險來找我，又說我是魔女，這不可能吧！

「嗚汪！」胖胖輕吠一聲，忽然帶我繞向南邊籬笆。我也慌了，只能跟著牠走。

胖胖在昨天發現沙賓的地方停下腳步，用柯基特有的小短腿撥著草皮深處，要我仔細看。

除了血漬外，草地上的凹痕處，還真的有幾根粗厚銀亮的不明毛髮。我在鄰家叔叔

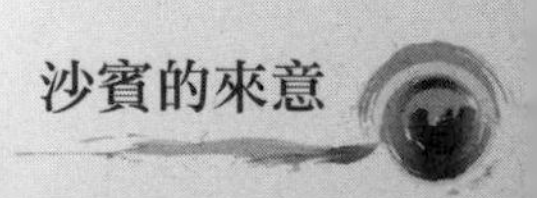

的家看過狼的標本，狼背上的狼毫的確是又粗又硬，色澤也較深，就像我手中捏住的這幾根深銀毛髮一樣。

「沙賓昨晚被打傷的地方，有一處在背部沒錯！」我起了雞皮疙瘩，正想轉頭看向屋頂的方向，那裡竟然已經沒有人了！

「在找我嗎？」不知何時，沙賓用深沉的表情站在我前方。

「我……我……」我嚇得說不出話，但胖胖卻不緊張，而是平靜地看著沙賓。

也對，如果沙賓要傷害我，何必等到這一刻呢？昨晚到今天為止，他可是一直都和我在一起的啊！

「抱歉！妳嚇到了吧！」他聳聳肩，柔柔地蹲到我身邊。「其實，我也一直在想，該什麼時候告訴妳比較好。是的！我擁有幻化為狼的能力，來自北方的索維奇狼人家族。幾個世代以來，我們一直隱姓埋名，有時從商，有時務農。至於其他的，就跟我昨天說的一樣，我是因為接受到一個聲音的召喚，與家人討論，取得他們同意之後，就一路來這裡找妳！」

「我……那難道魔女的事情，也是真的嗎？」

理。「嗯！」沙賓稀鬆平常地說，彷彿自己口中說的就像是太陽打從東邊升起般的真

「也謝謝妳沒把我的事情供出來，剛剛那些男人是來找我的！」

沙賓的深邃眼神讓我摒住呼吸，他蜜金色的雙眸中有著堅定不移的信念。

這不像是說謊的眼神。

「如果我沒猜錯，那些人還會再來！」沙賓眺望著男人離去的方向，幽幽地說。

四、翠祖母的樹屋

我的祖母住在林間樹屋中，俯瞰綠色的嘉雅湖。小時候，每個暑假我都會到那裡避暑，從我們牧場徒步的話，大約要花四十分鐘的路程，來回就是一個多小時。

當親戚們以路途遙遠為由時，我卻覺得這只是看一部電影的時間，真有什麼急事，我隨時都很樂意帶著物資去探望翠祖母。

翠祖母那裡沒有電話，但她養了幾隻聰明的斑鳩，每隻斑鳩脖子上都有天然的黑白點點圍巾花色，十分可愛，而這些斑鳩的功用不比電話差，偶爾當我們在廚房後窗上聽見斑鳩啄窗時，總會在牠們的腳上發現祖母捎來報平安的信。

除了胃病需要臥床靜養之外，祖母的日常起居沒問題，在電話、電視、收音機，陸續進駐每個家庭之後，患有電磁波過敏症的祖母，認為居住得太靠近鎮上會讓自己頭痛，因此才移居到林間，至今也已經二十年了。

是的！翠祖母從我出生前就開始離群索居，也是家族中的神秘份子，連聖誕節的家族聚會都不一定會出現。

在我很小時，祖母曾帶過我一陣子，她從不認為我的半聾與結巴是什麼問題。「這是神的禮物，雪碧會好好使用它的，你們等著看吧！」記得第一次聽到祖母當著大家的面、露出以我為傲的神情時，我體內湧起一陣溫熱而幸福的騷動。

在我漸漸成熟後，學校生活的不順利，過年過節親友有意無意的嘲弄與關懷，讓我一度質疑起自己出生的目的。

為什麼大家都可以清楚地聽進這世界上的聲音、用標準又悅耳的語調說話，為什麼偏偏是我！偏偏就我不行呢？

直到我傷過無數次心之後，才又想起了祖母的那番話。

曾經以為，她是為了安慰我、或者替我打所謂的心理「預防針」才故意這麼說！但我花越多時間去了解自己時，就越明白祖母說的話有其道理。

至於是什麼道理，我一時也說不明白，就像此刻林間起了薄霧，一時間讓人摸不清方向，但前方的道路輪廓卻又確實存在！

大概是這樣的感覺吧！

在出發前，我與沙賓進行了一場很長的對話。

「你說我是魔女，那有什麼根據嗎？又是誰指引你到我身邊的？」

「是一個聲音指引我萊的，至於根據，沒有！我只是傾聽到這個迫切的呼喚，單純地相信這件事，就出發了！這樣不行嗎？」

望著沙賓那率直得好比清澈夏日天空的眼睛，我也說不出什麼人身攻擊的話。

「那你能告訴我怎麼用魔法嗎？我現在可是一點魔法都不會唷！我連話都沒辦法好好說了，怎麼可能是魔女！」

「我倒認為妳說得夠清楚了，不是嗎？」

沙賓純真無瑕的表情，忽然讓我感到泫然欲泣。

「至於是不是魔女？或者如何成為魔女？這都不是我這頭狼能教會妳的，我只是來妳身邊守護妳、指引妳，完成預言要我完成的事情，如此而已。」沙賓說完，聳了聳肩：「至於早上幫妳滅火、修屋頂，那都算是加班，不在我份內工作裡面。」

「什麼嘛！忽然冒出這句註解，真讓人火大！」

眼看我們的對話走進死胡同，我決定找人說說心裡的話，也問問我是魔女這件事的

可能性。

而那個人，非住在林間的翠祖母莫屬了。

由於牧場需要有人看顧，我請胖胖與沙賓留守，自己則帶著母駱馬魯克出發。魯克雖然嗜吃如命，但也挺能走的，我有個訂製的花布軟墊馬鞍，用它鋪在魯克背上倒也挺舒適。

漫天綠意中，我們以「一人、一駱馬」的陣容，緩緩穿過林間。

「我竟然留一頭狼看牧場，應該沒問題吧！胖胖那麼胖，發生什麼事應該還能來得及跑來通知我吧！」我本來就是容易煩惱的人，此刻更是胡思亂想。

而「魔女說」也深深縈繞在我腦海。

從小到大，我被用不同的戲謔名字喚過，大多針對我的聽說能力而來，這是天生的，不管是親戚還是學校同學，對方人多勢眾，我也只好認了。但如今忽然遇到一個對我不差的新朋友，他之所以喚我魔女的理由，怎叫人不好奇呢？

「魔女啊！從沒被人用這種不褒不貶的名字叫過，我反倒不知道怎麼辦了呢！妳說呢？魯克！」我摸摸胯下穩定前進的母駱馬。

魯克搖頭晃腦，眼睛還不屑地瞇了起來，彷彿一點都不想過問我的事情般，無奈地放空。

「真是！妳果然是個無聊的旅伴呀！」

「哼！哼！」魯克用鼻子噴氣道。

轉眼間，滿眼翠綠林葉伴隨著山嵐搖曳起來，午後的淡薄陽光讓翠祖母的淺色木屋像蒙上了一層淡淡的金塵。

兩層樓的木屋蓋在半樹腰，彷彿不屬於這個世間似的，筆直朝天空伸展而去。

「祖母！我來囉！」我讓魯克停在巨大如桌的樹根底部，自己則搖了搖樹幹木梯上的琉璃風鈴。

鈴聲悅耳如黃鶯，聽得到一群斑鳩用溫暖的咕嚕聲回應。牠們聚集在屋頂，頸部環著天然的黑白點點羽毛，好奇地看著我。

若是祖母不在，也會有幾隻斑鳩起飛，飛到湖泊後方的集水地呼喚她。祖母偶爾會去那裡採果子、洗衣服、提水、料理小菜園，她發明了一個能在林地間行走自如的巨輪小拖車，有什麼重物也難不倒她。

但方才我已經看到祖母的拖車放在樹根處，顯示她還沒出門。

「祖母，妳還好嘛？」爬上樹梢上的堅固露台時，我推門詢問。

「哦！直接進來吧！」

翠祖母正優雅地坐在床上閱讀，她看見我時，臉上掛起了大大的微笑。她這麼精力充沛的老太太並不常在午後臥床，八成是胃痛又犯了。

「胃不舒服嗎？」

「是啊！」祖母苦笑道：「最近不曉得怎麼搞的，容易胃痛，又經常耳鳴、頭痛。」

我不可能對祖母說「搬回鎮上」這種話，因為我們都很清楚，對電磁波有生理過敏反應的祖母，不適合居住在頻繁使用電視、廣播、電話的地方。

是的！祖母的樹屋除了一座鮮少使用的緊急發電機之外，至今都使用著暖爐、煤氣燈等老式家用品，當然，也不可能像我們一樣使用微波爐。

「祖母，既然妳不舒服，我會更常過來的。」我發自內心地邊說邊揉著祖母。她披著紫色針織衫的背有些圓滾滾的，身子也還算暖和，只是氣色不太好。

祖孫閒話家常，在祖母關心著家中父母的狀況時，我怎麼樣也無法忽然開口詢問魔

女的事情。

我給祖母熬了湯，讓她再吃了一次胃藥。恍惚之際，祖母抬眼望著窗外，有幾秒沒有說話。

「什麼也沒有啊！祖母，妳在看什麼呢？」

「呵，沒事。」祖母將視線對上我的眼，摸了摸我的頭髮，什麼也沒說。「等祖母睡了，妳就快回去，夏天雖然夜色來得晚，還是早點回家比較放心！」

「哦！好！」

「還有！我有一些東西不要用了，妳看看妳還能不能用，有些舊首飾，若是不嫌棄的話也可以試戴看看，妳也是該愛漂亮的年紀了，對不對？我這邊有些妳小時候留下來的東西，看妳要不要一起帶回家。」

祖母指著角落中的淺灰藍木紋抽屜。

「真不好意思！佔了祖母的空間這麼久。」我立刻開始整理起來，同時，祖母也不再回應我的問題，而是在藥效的發作下暫時入睡了。

祖母的置物櫃中有一些陳年的紀念品，也的確有我小時候沒用完的八成新蠟筆、娃

娃，甚至有我的圖畫作品，此外，我也發現了祖母整理了一個戒指要給我。

「這些就差不多了吧！既然祖母睡了，我也該趁天色尚早離開比較好。」

「砰！」粗手粗腳的我本來想關緊櫥櫃，卻發現抽屜卡住了，用手往裡頭一摸，原來是底部卡了一本小手冊。

「唉！東西真的太多了，才會讓冊子滑到後頭被卡住。」我不禁翻了翻冊子的內容，想確認這是不是重要的東西。

「今天是和小姑娘第一次去湖邊盪鞦韆的日子，她膽子小，一開始不敢乘鞦韆，深怕被甩到湖裡，真有趣。這孩子的個性就是一開始推拒、最後卻會認真地嘗試。在我的鼓勵下，我們盪鞦韆盪了好久，腳丫子碰到湖水也很舒服。」

被我粗暴扯出抽屜時，冊子的其中一頁有了破損。

「這是……日記？」上頭註記著多年前的日期，是我四五歲時的事。雖然每天都只有短短幾句話，但的確是祖母的筆跡。

我忽然感到一陣鼻酸。原來那些溫暖的回憶都不是假的，祖母每一天都是如此用心地陪伴我。

偷偷撕下了這一頁，我打算和祖母交給我的東西一起帶回家留念。

回程，我與魯克在夕陽下，一路數著遠方提前報到的星辰。

「不知道為什麼，雖然魔女的事情我一句也沒問，心情卻踏實起來了。」我摸著魯克的脖子說。

魯克點點頭，這次眼睛沒瞇成不屑的模樣，應該是替我感到高興吧！

「加速好嗎？回家立刻給妳吃很多燕麥和芋頭！」

「呼！呼！呼！」魯克發出充滿幹勁的噴氣聲，快速衝上牧場的坡道。

※※

「汪！」胖胖搖著尾巴，像個黑黃色的圓球般迎接過來。

「一切都還好吧！沙賓呢？應該沒有捅出什麼婁子吧！」我問胖胖。

「真失禮啊！原來我一直給妳這樣的印象。從我到妳家開始，到底捅出過什麼婁子

呢？」沙賓一臉不悅地提著餵食營養粉的大桶子出現。

說壞話被抓包了，我只能道歉。「對不起！看來我還是不夠相信你。」

「讓妳無法相信，我大概也有錯。」沙賓斜眼嘆了口氣。

我們把魯克與胖胖的晚餐打點好之後，回到了廚房。

「今天我有去果園撿了這些給妳做果醬！」沙賓一一交待了我不在的時間，他做了什麼工作。「馬兒的狀況都還好，大概也習慣我的存在了。下午有郵差來，看到我的時候好像驚訝了一下！這是信！」

「好！」我連忙拆開信件，沒想到只是一些貸款融資的廣告信，在家境鬧危機的這個當下，我氣得立刻丟了信。

將怒氣灌注在料理晚餐的一連串動作上，我飛快地炒了盤青蔬義大利麵佐上雞胸肉碎片。

沙賓坐在鋪著紅白格紋餐巾的桌子另一端，一臉委屈。「沒有牛肉嗎？我需要吃牛肉的。」

「沒有！」想想人家累了一天，不給多點肉吃也說不過去，我只好把自己的份都挑

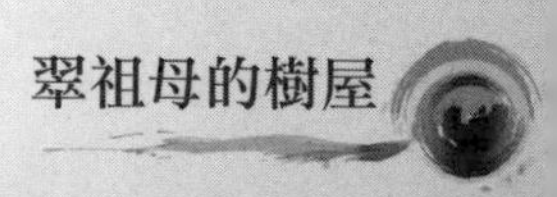

出來給沙賓。

沒想到……

「只有這樣嗎？」

氣得差點理智斷線，我煩躁地低頭不語，扒著麵吃。

「看來今天特地為了詢問魔女的事情而去找妳的祖母，似乎結果也不太好？」沙賓自認為很會察言觀色，小心翼翼地問。

「我才不是為了這種事情不爽呢！」我提高聲調。「不過！的確是沒問到任何有關魔女的事情，我現在只希望爸媽趕快回來，也希望錢的事情順利解決。」

方才那張融資廣告單，讓我氣到現在，才許下這個願望。

沙賓依舊是那副似乎沒肉吃天就要塌下來的表情，對於我說的事情一點同理心也沒有。

不！在他的觀念裡，沒肉吃，就跟我見不到爸媽，擔心錢這種事一樣嚴重吧！這麼一想，沙賓似乎是用心疼的眼神深情地望著我？

怎麼會如此詭異，我的心跳似乎還加快了？

就在此時，沒想到我方才許的願望竟然瞬間成真了！

聽見爸的汽車引擎聲在前庭熄火時，媽媽的腳步聲已經走向前門。

「回來了？啊！」我轉頭望著一臉錯愕的沙賓。「你不是狼嗎？聽力應該要很好啊！怎麼沒聽到我爸媽回來了？」

「因為我耳邊都是妳的聲音，我聞到的也都是妳料理的味道嘛！」沙賓看似辯解、聽起來卻像是撒嬌的話，只讓我更加無言。

「雪碧？妳在跟誰說話呀？」媽媽溫和而疲倦的聲音，隨著轉動門把的聲響一起傳了過來。

「啊！啊！啊！」我抱著頭拉住沙賓。

「雪碧？爸爸回來囉！」爸爸的聲音則從廚房後門逼近，我和沙賓被前後圍攻了！方圓十公尺之內，能把沙賓藏起來又絕對不會被爸媽看見的地方……

回過神時，我已將沙賓推進了我的寢室裡！

「汪！汪！汪！」笨胖胖八成是現在才發現爸媽回家，露出比往常積極又嫵媚的模樣從外頭衝進來，對著爸媽又翻肚又搖尾巴。

「好乖！好乖！」爸媽虛弱微笑著，雙方都似乎在這兩天蒼老了好多。

「雪碧，真抱歉，讓妳一個人在家，也讓妳擔心了吧！」爸爸拍拍我。

「不會啦！家人不用這麼客氣啦！」我心不在焉地轉頭望著關起的房門，暗自希望沙賓快點從房間窗戶離開。

如果我因為認真許了個願，就得到爸媽回家這樣的安排。或許！我還真有魔女的天賦也不一定！

「唉！好餓啊！下火車之後就直接開車回來，都沒吃東西。」

「慘了！盤子！」我心想沙賓的盤子大概還直接留在桌上，爸媽一定會過問的！

「咦！」桌上只有我的盤子，可見沙賓那傢伙……

竟在如此慌亂的時刻還不忘端飯躲起來吃！

「爸、媽，你們先坐吧！先吃我這盤，反正我也煮太多了，鍋裡還有！」

看著操勞不已的爸媽終於能回家，好好吃頓飯，我心底非常難受。率直的爸爸似乎也不打算隱瞞家中的財務狀況，吃完麵之後，就邊配著啤酒，邊將目前的狀況一五一十告訴我。

「欠我們那一百多萬的客戶的確跑路了，錢也可能收不回來，已經請了律師和徵信社偵探去找人了，不過，就算找到了，也未必拿得回欠款，這筆帳我們都得自己吃下來，而今年的馬糧和各種牧場用品也都已經下訂單了。我週一就得去銀行詢問，看看能讓我們週轉多少！」爸爸說著說著，紅了眼眶。「對不起！妳媽早就叫我在商言商，即使是多年的老朋友也不能輕忽！結果我還是……」

「事到如今！說這些都沒用了，我們一定能渡過難關的。」媽媽輕撫著爸爸的背。

媽媽一直都是溫柔賢淑的理想妻子，雖然這些話聽了難過，眼前的畫面卻是溫暖得讓我慶幸，還好自己是爸媽的孩子。

像我這種憤世嫉俗又兇巴巴的野女孩，大概一輩子都不可能對男人露出那麼包容慈愛的神情吧！

我擁抱了爸媽一下，讓他們先去梳洗，自己則留下來收拾碗筷。

「為什麼不跟我說爸媽回來，萬一！他們看到沙賓嚇了一大跳該怎麼辦？最近已經發生這麼多事了！」

我對著想進屋休息的胖胖兇道。胖胖縮了縮耳朵，一臉可憐樣。

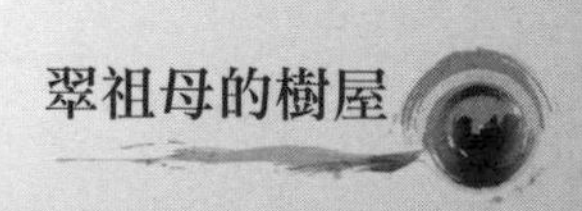

「真是的！搞得好像我很喜歡兇人！要是你們配合一點，我也不會這麼煩啊！」

把爸媽換下的衣服拿到金屬外殼斑駁的老式洗衣機後，我就回到房間。

一推門，沙賓捧著空空的義大利麵盤子，與我面對面。

「你為什麼不從窗戶出去！」

「原來！妳要我出去嗎？」他愣著臉問。

「我……我以為這不用提醒。」

沙賓沒頂嘴，面無表情地打開窗戶。

「等等！你！晚上有地方睡嗎？」

「嗯！我今天拿著妳給我的鑰匙進了穀倉，又借用了妳晾在後院的被單。」

「喔！」沒想到這傢伙也是有打算過的。

我的臉部線條，總算找到放鬆的理由。

「那個……雖然我不知道你要在這裡多久？」

出乎意料地！沙賓正色地對我解釋道：「目前我生活中沒有比待在妳身邊更重要的事情要做，或許直到妳學會魔法那天，我都還不需要離開吧！」

聽起來原本該是不失甜蜜的一番話，但我卻倍感壓力。

「我……我知道了，魔法也不是說有就有的，總之！姑且讓你待在這裡吧！」

我認真地想分析目前與沙賓之間的關係！像是新朋友，或者是兄弟一樣的存在。

「你就暫時先住在穀倉吧！平常請務必上鎖，以免我爸或我媽闖進去。」

沙賓看似乖巧，面無表情地點點頭。「嗯！白天我會回到林子裡的，所以找不到我也不用擔心！」

「我才不會擔心！」

總算結束這個夜晚，望著沙賓躍出窗戶、奔到穀倉的俐落身影，我鬆了一口氣。

沒想到！真正的驚奇才要開始。

五、初次對決

睡前脫下牛仔外套時，我發現側邊口袋塞了一張紙。

「哦！是這個啊！從祖母日記本撕下留念的。」我懷念地望著祖母的字跡，娟秀工整，筆劃勾得圓滾滾的。

「今天是和小姑娘第一次去湖邊盪鞦韆的日子，她膽子小，一開始不敢乘鞦韆，深怕被甩到湖裡，真有趣。這孩子的個性就是一開始推拒、最後卻會認真地嘗試。在我的鼓勵下，我們盪鞦韆盪了好久，腳丫子碰到湖水也很舒服。」

祖母的文字，將我帶回那個記憶淡薄的春天，湖水仍有些冰涼，但午後的陽光卻是那麼暖和舒爽……我與祖母的笑聲伴隨著湖濱綠樹一起搖曳，金綠色的光芒灑在祖母替我精心編好的髮辮上。

很不可思議！但我的確記得自己四五歲時的事。

我撫平紙張，正要找個筆記本收藏好，卻發現紙的另一面也寫了些文字。

「啊！這是日記啊！兩面都有寫字也是正常的。」我讀著文字，雖然邊緣被撕破，但仍可看見祖母寫下的殘破句子。

「天變了個戲法給我看，漫天的羽毛飄盪，很美。天賦不用多，但只要能娛樂自己，打從心底自得其樂，那這就是一輩子的資產。」

這是什麼時候的事情？我努力在記憶中搜索這段畫面。「天變了戲法」是什麼意思呢？

句子後半段還提到了天賦，祖母並不常講這樣的詞，我想破了頭，仍不懂她記錄此番話時的心情。

「搞不好！並不是在說我，我是不是太自我中心了？祖母的每篇日記也沒必要都在寫我吧！帶小孩明明就是很無聊的事情啊！」因為實在想不起，我只好收起了紙頁，躺到床鋪，慵懶翻弄著祖母讓我帶回的其他東西。

有顆血紅色的寶石戒指，一開始就吸引了我的注意力。上頭毫無刮痕，保養得很好，但當我一一用十根指頭去輪流試戴時，戒口卻鬆得根本戴不住。

「真可惜……看來這種東西雖漂亮，戴不住也沒用！」我隨手翻著行李袋，找出兒

時綁頭髮的金色粗緞帶。

忽然間！我有了想法，將緞帶穿過戒指口，這不就成了一個大方的項鍊了嗎？為祖母的飾品找到新的使用方式，我雀躍不已，替自己戴起項鍊。

鏡中暴躁的女孩披著凌亂的長髮，卻因為項鍊的沉穩酒紅色光芒而顯得五官深邃，眼中那抹天生灰藍，也顯得更藍。

不知不覺，我放鬆了臉部線條，露出了細緻的微笑，感覺心情又恢復成那個在湖邊無憂無慮盪著鞦韆的春日女孩。飾品之於女人，大概就是這樣吧！

帶著滿足感，我聽著門外爸媽輕柔的道晚安聲，闔上了雙眼。

※※

現在是幾點了呢？我感到眼前微光閃爍，像是清晨五六點透著微溫的日光，也有著夕陽將至的淡薄色澤。回過神時，自己坐在舒服的祖母小床上，被粉藍色條紋織毯所包

圍。

我認得這件毯子，是我小時候的午睡毯！才正覺得奇怪，就看祖母的和藹笑臉。

「唉呀？剛剛都在這裡自己玩呀？好乖喔！睡醒了也不會亂跑。」

我的心情安適且自得其樂，意識過來時，破了一角的枕頭正飄出羽毛。

「要是每根羽毛都能美美地飛在天上該有多好，像是下雪一樣！」我的想法單純而愉快，腦海中也只有這個思緒。

紛亂的羽毛在空中飛行，並不奇特。而當我望著它們在空中如大雪般停滯靜止時，心情也毫無雜念。

「真美！」腦中只有這句話。「羽毛就這樣飄著不再墜落，多美！」

「外婆！妳看！」因為滿心想跟外婆分享這樣的幸福感受，我感覺自己像是精靈般，被白色的輕柔羽毛包圍。

多麼乖巧的羽毛，哪裡也不去，乖乖照著我的所想所思行動。

「好棒呢！雪碧，妳看起來就像雪地裡的小仙子一樣！」祖母驚喜地說。

我毫不猶豫地點點頭！咧嘴開心地笑著。

那個四歲的我，真心相信著自己是一個能使羽毛乖乖停滯在空中的小仙子。

即使話說得不標準，聽也聽得不清楚，我卻能感受祖母的愛，感受羽毛呼應了我的每個想法。

「雪碧！起來吃早餐囉！」母親的聲音傳來，我感覺眼前的世界透進了污濁的光，羽毛、祖母的臉、小床上的粉藍色床罩，一切都開始分崩離析。

連眼前的羽毛也開始墜落，我努力想伸手阻止著它們。

「不！不！別停！」我喊出聲音時，方才的夢境畫面已不在，眼前只看到胖胖擔憂的表情。

「嗚！嗚……」牠舔舐著我的手。

「原來！是夢呀……」我做了一個夢，但身上感受到的滿滿溫暖與單純愉悅，卻是那麼真實……

翻身下床時，床頭有張被我壓皺的紙。

祖母的筆跡在上頭寫著：「天變了個戲法給我看，漫天的羽毛飄盪，很美。天賦不用多，但只要能娛樂自己，打從心底自得其樂，那這就是一輩子的資產。」

看來，我解開了昨晚的謎題。

在祖母的日記中，我變出了這輩子的第一個魔法，使羽毛停駐在空中。

這一切曾清清楚楚地發生過，而我方才的夢只是重現了當時的情景。

「我回到了四歲時的記憶裡面……」

恍惚地捧著頭起身，我試著念出並還原祖母當時寫下的句子。

「小姑娘今天變了個戲法給我看。」

原來，在祖母的日記中，我曾變出這輩子有過印象的第一個魔法。

而我，真的可能是個魔女！

※※

「沙賓！沙賓！」我興奮地拿著兩人份的早餐前往穀倉，想告訴沙賓這個消息。

「既然當年的我有辦法憑著意志就使出魔法，那現在應該也可以吧！不……也許不

一定……」總是悲觀的我，腦海也浮現過這種灰暗的想法。

不過，我不會只因為「可能失敗」就駐足不前！

我的心臟狂跳，嘴角上揚。等不及想見到沙賓，看到他為我高興的模樣。

「沙賓？」雙手用力拉開穀倉門時，裡頭空無一物。

沙賓休息的乾草床、被單與水瓶都消失了。

「不是說好要等到我學會魔法的那一天嗎？忽然消失是怎樣？」我除了生氣之外，更感到擔憂！沙賓是出了什麼事了嗎？

我轉頭問著跟過來的胖胖。「沙賓怎麼了？」

胖胖搖頭表示不知道，大概沙賓真的是半夜匆匆離開的！

「我們一定要找到他。搞不好他出了什麼事？」我匆匆將早餐塞下肚，衝向草原！

爸媽已經將受傷的賽馬們牽出來放牧，我原本想找駱馬魯克當我的坐騎，卻看到牠正貪吃地低頭裝忙，大概是覺得昨天走了快兩小時很累，希望我今天放過牠吧！

「都這種時候了，魯克還耍脾氣！」

此時，一頭白底灰紋、大理石花色的俊美馬兒噴著氣，傲然地走出馬群。

「班尼迪克？」我望著班尼迪克，綽號「小班」的牠是兩年前來到我們牧場的馬兒。本來要被安樂死，但爸爸堅持牠行為能力正常，只是無法負荷高張力的冠軍賽馬生活，半買半領養地將小班接到我們牧場。

有著冠軍馬後裔的血統，卻可能要在我們這種殘破的小牧場度過一輩子，小班平常總是憂鬱地獨處，當爸爸為了釋放壓力而讓馬兒追逐裝有零食的稻草球時，小班也從不參與，不料，此刻牠竟然站了出來！

「汪！」似乎是接收到小班的意志，胖胖興奮地吠叫起來，率先朝南方森林奔去。

「你也要跟我們去找沙賓嗎？」我感到很驚訝。

「嘶！嘶！」小班跳了跳，一副傲氣十足的模樣。我安上馬鞍之後，小班已迫不及待地朝前頭的胖胖衝去，讓我在馬背上震了好大一下。

小班到我們這裡之後，並沒有再度接受上鞍與騎乘訓練，因此牠若表現得粗暴一點，倒也不用太意外，我輕輕拉著韁繩陪牠磨合步調，在此同時，胖胖在林間的深草處努力嗅聞。

「怎麼樣？」我問著，此時，耳畔忽然傳來一個聲音。

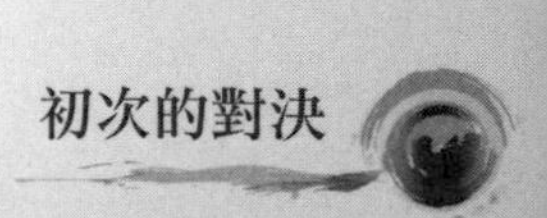

「躲起來！」

「什麼？誰在說話！」我覺得自己蠢透了，聲音的主人聽起來就像我自己，難道我的心在告訴我，該躲起來？

「這什麼邏輯呀！現在不是要找沙賓嗎？」我感到煩躁不已，為什麼最近接連有怪事發生在我身上呢？

「嗚汪！」胖胖似乎終於捕捉到沙賓的氣息，我緊張地抓住韁繩，小班是隻年輕又容易分心的馬兒，步伐躁動了好大一下，才匆匆跟上。

隨著步伐踏進林子，胖胖似乎有些遲疑，但仍彎低身體努力找路，明明該是艷陽高照的晚夏時節，林間的氣溫卻比平常要低上許多。隔不了多久，雪白如罩的迷霧如雲朵般擁住小班的腰際，前方胖胖的黃黑色背影也變得若隱若現，讓我緊繃得口乾舌燥。

「胖胖……起霧了，你走慢點！」

地上散落著男人的靴印與折斷的樹枝，顯然有些粗心的獵人今天也在這裡出沒，從他們紊亂的腳印看來，獵人們的確發現了目標，才不顧灌木叢的存在，硬衝過去。

「胖胖？」前方一片白茫茫，我很怕與胖胖走失，並不是牠無法自行照顧自己，而是在這個當下，沒人會希望和家人分散！

「哼！哼！哼！哼！」小班發出了煩躁的鼻音，牠一定也知道胖胖不見了。

「胖胖，不要聞味道了，先回來！」我拉長聲音喊道。

「不要出聲！它們會聽到！」耳畔忽然又傳來一個聲音。我緊張地戳著助聽器，雖然明明知道那是我自己的聲音，但在此刻，我只想到，難道我不只有重聽的問題，還冒出了另一個分裂的人格嗎？

「砰！」林間忽然深處傳來震天巨響。

是槍聲！

說也奇怪，雖然有人開槍，森林卻靜得好可怕，一點生氣都沒有。我拉著小班往後退，現在還來得及吧！如果往回走的話……

一轉頭，大霧早已讓周遭的景色變得難以分辨，我跳下馬摸著草皮確認，我們方才並沒走過這個地方……

很好，迷路了！耳畔怪聲、槍響、失蹤的胖胖、離開的沙賓，接下來又是什麼？

前方傳來動物的奔走聲，唯有巨大的爪子疾走擦過地面才能發出這種使人不寒而慄

的颼颼聲。

「糟了！」我轉頭朝小班的背上奔去，就在此時，一頭黑色的巨狼像死亡的陰影般襲過我們身邊。

牠張嘴，迎面一咬！

「嘶！嘶！嘶！」小班跳了起來，差點也將猛扯住轠繩的我拋了出去。

「沙賓？」我望著凶惡攻擊的黑狼。牠的模樣健美又剽悍，深紅色的眼睛卻飽含著恨意。

這……絕對不是沙賓！

「嘶！嘶！」小班又果斷舉起後腿用力一蹬，雖然沒攻擊到黑狼的要害，卻也讓牠閃神了一下。

「砰！」又是槍聲，這次近在耳邊。

前天在牧場見到的兩位扛著來福槍的男子，跨過霧色而來。

雖然沒有打到黑狼，他們的表情卻一點也不受影響，眼神空蕩蕩地繼續舉槍追擊。

「走！小班！」我連忙想離開射擊範圍，黑狼也追了過來。這瞬間！槍桿與爪子同

時都對準了我們……

「嘶！嘶！嘶！」小班只是一隻馬，哪有能耐同時擺脫狼與槍！我們只能以高速努力拉開距離，就在獵人的身影沒入霧中時，天空中掠過一道銀色的月光。

不！我看錯了！那不是月光，而是一頭銀得近乎發亮的灰狼。

有雙金色眼眸的灰狼雖體型不大，卻一口就咬住黑色巨狼的咽喉！巨狼一掌撕開灰狼的背部，牠卻只無動於衷地甩動身體，利用體重與利齒果決地撕開巨狼的喉嚨！

黑狼倒下時，被拋出去的灰狼死命爬到我們前方，用殘破的身體護住我們。

喉部噴出大量鮮血的黑狼使勁想繼續衝過來，卻蹣跚地倒臥在自己的血泊中，即使牠仍張大嘴巴逼近，嬌小的灰狼也未曾移動過半吋。

牠以死守的傲然姿態，親眼瞪著黑狼在眼前斷氣。

「沙……沙賓？」

灰狼轉過頭，用銀白狼尾掃了小班的腳一下，我很訝異牠竟然無法開口說話，難道變成了狼！就無法像人類那樣發出聲音了嗎？

但小班卻立刻明白了灰狼的意思，快步狂奔起來。

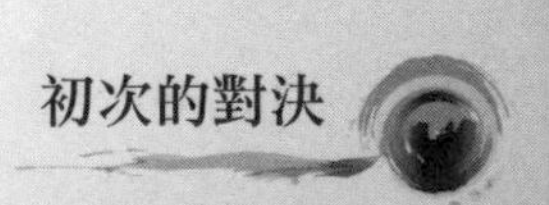

我只有緊抓韁繩的份！冰涼的霧氣滑過背部，我這才想起，方才那兩位獵人的模樣也不對勁……

他們眼神空洞，只一味對著黑狼開槍，絲毫不管我們是否會被波及受傷。

等等！他們攻擊的對象搞不好根本不是黑狼，而是我們。

我與小班，差點就被雙重敵人給殺害了！我這才後知後覺地害怕起來，蜷縮在馬背上。

眼前的景色逐漸熟悉，灰狼拖著不斷滴出血的腳印，緊緊陪在小班身旁。牠帶我們回到了森林的入口，而霧氣也終於因為林外的陽光而有減弱的趨勢。

「嗚、嗚！」胖胖焦急地站在森林外頭等候，一看到我們就發著抖衝過來。

「笨蛋！」我哭得一把鼻涕一把眼淚，深怕胖胖怎麼了，直到牠溼潤的舌頭舔在我的淚痕上，我才感謝著上天的憐憫，讓我們都平安地逃過這劫。

灰狼用溫潤的金色雙眸望著我們，並沒有跟來的意思。

「沙賓，來啊！回家啊！」我朝他招著手，一陣失望湧上心頭。

難道沙賓要獨自回到那個詭異的森林去嗎？他是因為這樣才忽然離開牧場的嗎？

「你不跟我回家嗎？你都受傷了耶！」

「沒事！」耳畔的聲音再度出現了。

我這才發現，是沙賓透過我的心在發聲。

剛剛的「躲起來」與「不要出聲」，雖然是透過意識的形式出現在我的心中，但說話的人，卻是沙賓！

雖然不能直接用人類的語言說話，但沙賓的確是在與我對話沒錯。

「你！真的沒事嗎？真的不能跟我回家嗎？」我對灰狼型態的沙賓喊著。

有事情需要我馬上去調查！放心好了，我晚上會回來吃飯的。到時候，請幫我準備肉喔！

果然是沙賓沒錯。我破涕為笑，注視著灰狼離開。

直到進入森林為止，牠都沒有再回頭。

六、淨空新開始

在那之後已是兩三天過去，我卻發現，自己無法習慣牧場平凡的生活了。看著動物們平安健康地進食、活動、睡眠，原本是十分幸福的時刻，但我的心底卻覺得空蕩蕩的。以往總是誇口不需要同齡朋友也能過得很好的我，此刻卻覺得心情躁動。

「算了！反正再一週就要開學了，寒暑假本來就都得在家裡幫忙，現在牧場負債，爸媽壓力已經很大，我不應該這樣怨天尤人！」

我依舊會望向森林的方向，期待沙賓的身影。草地上漫步的小班、胖胖與魯克，也常做出同樣的動作，溼潤的眼睛眺望著林間的綠意。

原本以為，身為牧場安逸動物的牠們會討厭危險的狼，但牠們一定也懂沙賓並不會傷害我們，才會掛念著他吧！

那天被詭異獵人與黑狼追擊的事讓我餘悸猶存，雖然出事的森林與翠祖母居住的地方是反方向，但這也不代表奇怪的邪惡勢力不會再度出現。

希望隻身去調查的沙賓沒事才好！

如果我會一點魔法，是否也就更有能力保護自己和身邊的人？第一次出現這種不甘心的心情，我甚至坐了公車跑到圖書館尋找答案。

「可惜！世界上沒有看完一本就能立刻上手的魔法書！」坐在圖書館天窗下的大長桌旁，我望著自己搬到桌邊的魔法主題書。它們大多是在介紹一些魔法的歷史，並沒有教導別人如何操作魔法。

「算了！真正會魔法的人也不會寫這種書吧！想學魔法的人一定也很少，出版社出了也沒市場，只能找找一些已絕版的古籍了。」我喃喃自語地說著，此時，身後有影子逼近……

「妳也喜歡魔法唷？」是個戴眼鏡的雀斑短髮女孩，微笑著朝我走來的模樣十分積極。

「沒……沒有啊！」我防備地說：「只是隨便看看。」

「那……妳還滿隨便的。」女孩指著我堆了滿桌的魔法歷史、魔法緣起、魔法小說。

我聳了聳肩，努力擺出拒人於千里之外的模樣。

「請問妳是雪碧吧！我是跟妳同校的露露呀！」對方還不肯走，露出比方才更誇張的貓咪笑臉。

「暑假還到圖書館，可見是來尋找自己很感興趣的事物吧！」露露似乎真的對我很好奇。

「嗯……也不是對魔法有興趣啦！只是想了解看看。」我說了句自打嘴巴的話，露露則貼心地點頭。

「是這樣的，我也對魔法很有興趣，所以正在招募校內的魔法社社員，反正再一週就開學了，雪碧同學應該還沒有加入過任何社團吧！升上高二就一定要選社團了喔！」

「喔……」我這才記起露露的臉，她是隔壁班的同學，經常跟班上那群受歡迎的女孩子混在一起，雖然露露可能對我沒成見，但我還是無法跟這種具有魅力的開朗傢伙好好相處。

「不好意思，我再考慮看看吧！」我無奈地認輸，打算之後再找理由推掉，同時也飛快地將一堆預備要借的魔法書籍抱在懷中，掃了就走！

「欸！雪碧同學……」

我裝作沒聽見，飛步跑到樓下的借閱處，填了借書卡就跳上公車，簡直像是在逃難。

「要我這種邊緣人加入那種熱情女孩的社團，一定會身心俱疲！我絕對不要！」才這麼想著，心底卻也有了猶豫。

畢竟，露露說的沒錯，高二就得強制加入社團，但現在的我並沒有特別的興趣，難道真的不能試著敞開心胸嗎？

我隔著公車車窗，望著移動的早秋窗景嘆氣道：「真煩，好討厭開學！」

「我這個新生都沒說討厭開學了，妳在這裡抱怨什麼。」身旁的磁性嗓音讓我嚇了一跳。人模人樣的沙賓穿著黑色外套，不知何時竟坐在我隔壁座位上！帶著微笑。

「你！你怎麼在這裡？」我總有種沙賓仍在那座可怕森林冒險的錯覺，不料！他竟換上一身乾淨的黑衣黑褲，還好意思坐到我旁邊！

等等！他竟然說要跟著我一起開學？

「對啊！我想辦法弄到戶籍了。」

「誰給你戶籍了？」

「我不是你堂弟嗎？」沙賓一臉理所當然。「反正文件只需要拿印章就蓋一蓋就好

了，妳爸媽的印章不就收在廚房的雜物櫃裡。」

「什麼？意思是，你打算偷偷跑來我家偽造文書嗎？虧我和牧場裡的動物們這麼擔心你！你既然沒事，幹嘛不出來報平安？」我一連串的訊問，讓沙賓搗起耳朵。

「妳真的很擔心我呀？」

「這不是重點吧！做錯事要道歉啊！」我高聲的教訓引來其他旅客的旁觀，只好尷尬地將話吞回嘴巴。

「對不起！只是怕我回去妳那裡住，會有不好的東西跟著我。」

從剛剛開始，我一直沒機會問沙賓他這幾天遭遇了什麼，只是一直激動地說著自己的心情，我想，搞不好就是因為我老是活在自己的世界，才會讓我到現在都還搞不清楚狀況。

配著窗外黃澄澄的早秋街景，公車從市鎮駛往空蕩蕩的鄉間小路，太陽仍明艷，光影掃在我的白色裙子上。

靜下心聽沙賓說了整件事之後，原來情況比我想的還嚴重，

「你當初說，是一個聲音要你來找我的！那跟我在森林聽到你的心靈傳呼，原理是

一樣的嗎？」

「是的！差別只在……我不知道誰在傳呼我，只是有個堅決溫暖的聲音，要我一定要找到妳，向妳傳達魔女的使命！」

「什麼使命啊！」我感到一個頭兩個大，拿出包包內厚重的魔法初階書籍。「我現在還在看這種書呢！搞不好一年後，我還是什麼屁也變不出來！」

「語言的力量是很大的，對妳的潛意識也有很大的影響，成敗都要靠它。所以！別輕易說出負面的話！」沙賓意外嚴肅的神情打動了我。

他說的沒錯！現在不是妄自菲薄的時候。

我鼓起勇氣，將四歲時變出第一個魔法、讓羽毛飛起的事情告訴沙賓。

「既然四歲時就可以，為什麼現在不能再試試看呢？」沙賓十分感興趣地瞪大金色雙眸，原本銳利的眼神也轉為溫潤可愛。

「可是！沙賓你自己也會魔法啊！你不是能把聲音傳給我嗎？」

「不！這種心靈溝通是許多高等動物都具備的，就像妳每天都呼吸、卻不自覺自己有在呼吸一樣。」

我做出明顯的吐息。「像這樣嗎？一般人的確是不會注意到，自己每天吸氣吐氣幾次！」

「語言的溝通，是把自己作為一個清澈的渠道，讓外界的聲音進到自己耳朵，再把訊息傳呼另一個人。久了，我就分得清楚，什麼聲音是真誠地傳遞到我這裡，什麼聲音是經過偽裝、矯飾的。」

好謙卑的想法，因為蹲得很低，反而能用不同視角看到這世界。原來動物們都是這麼活在當下的呀！不自覺地感動起來，我也懷念起小時候那個能使羽毛暫停在空中的自己……

「當時我也是什麼都沒想，單純地希望跟羽毛遊戲而已呀！那現在要找回那種純淨簡單的心情，卻變得很難。」

「不要去聽心底那些負面的聲音，就可以做到了！」沙賓伸了伸懶腰，放鬆的微笑，讓我開始真的相信，這並不是什麼困難的事。

靜下心之後，我也開始傾聽著沙賓這幾天的遭遇。

那天前往森林獨自調查之後，沙賓認為黑狼與獵人都是被某種邪惡的力量迷惑，而

這股力量知道我和沙賓之間的關係，並想要進行破壞。

「邪惡勢力到底想阻止我們什麼呢？」我一頭霧水。「畢竟！我連我成為魔女之後要做什麼都不知道，怎麼能預知我們未來的動向是否會妨礙到他們？」

「他們大概懂得預知的魔法，能操控、能預言，但是無法直接干擾我們，所以我們仍可以像之前那樣彼此傳呼，現在也還見得到面。因為我變身為狼之後就無法用嘴說出人類的語言，所以！之後當我變成狼時，就直接以心傳心的方式溝通吧！」沙賓認真分析事情時的神情成熟不少，我聽了卻感到氣餒。

「但在森林遭受攻擊那次，還不算是彼此傳呼啊！我只能聽得到你的聲音，卻沒辦法直接回答你。」

「將來就會了喔！」沙賓輕描淡寫地望著窗外一笑，彷彿我們在說的只是「小孩學走路」那樣的事而已！

沙賓這幾天也積極地調查，並在暗中跟蹤，不！其實是在保護我。

可惜，整體調查沒有太大的進展。

「那我們……那你！等等怎麼辦？」我問：「不能跟我一起回家嗎？」

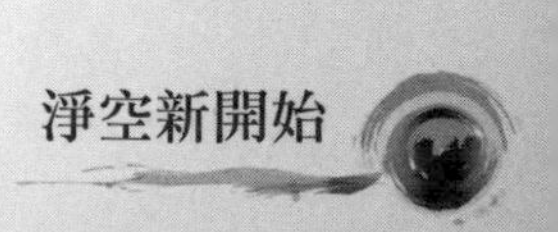

「妳很希望我一起回去嗎？」沙賓澄澈的眼神，讓我感到很困窘。

「看你囉！」只好再把問題丟回給他。

公車剛好到站，我們在偌大的草原小徑上停下來。

「我想還是暫時保持距離，我有地方住，不用擔心。這樣也不用怕給妳爸媽帶來困擾。」沙賓竟有如此紳士的一面，看來好像又更近人情了一點。

「不過，我需要妳爸媽簽名蓋章辦入學手續，這個要再麻煩妳了。」

說完就揮手離開，留下不爽的我。

原本以為遇到沙賓只會是暑假的一個小插曲，不料！他竟然還要跟著我入學，這一切真是……有完沒完呀！

為了更了解事情的真相，我只能逼自己勤練魔法了。

首先，就從四歲時就會的「暫停羽毛魔法」開始吧！吃過晚餐後，我特地提前把家事都做完，也把沙賓入學手續的事情解決了，肩上壓力瞬間輕鬆不少。

「胖胖，先不要讓爸媽進我房間，幫我守著，我有重要的事要做。」我吩咐胖胖，閉上房門。

我先是打開廣播想聽點音樂放鬆，隨後又覺得太過干擾，折騰一番後，我用舒服的姿勢隨意坐在床上，深呼吸。

用剪刀將舊枕頭剪開之後，裡頭的羽毛輕飄飄地滑了出來，像是雪，也像綿密的雲群。

我用力一掀被單！

千百根羽毛全都高高飛了起來。

「停住！停住！停在空中！」我滿腦子專注在這個念頭上，努力回憶起小時候變出第一個魔法時的感覺。

隨著羽毛紛紛墜落在床上、地板，我的期待也落空了。反覆試了五六次，卻是一次比一次挫折。

「奇怪，以前連咒語都不用念，輕而易舉一次就做到了！到底為什麼！」

把自己搞得滿頭羽毛與棉絮，我無奈地清掃著房間，隨後拿著衣服與大毛巾，想到外屋的淋浴間準備洗澡。

整理衣服時，我不小心把前幾天脫下來的項鍊給碰掉到地上。這是用翠祖母送的血

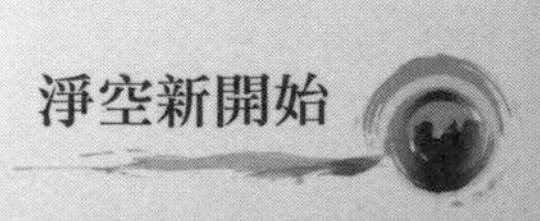

色寶石戒指所串成的項鍊，我心疼地將它撿起來。

「順便拿去浴室過過溫暖的水汽，把上頭些微發黑的陳年霉斑擦掉。」懷著這個想法，我邊泡在浴缸裡，邊用海綿擦拭著寶石，為了怕項鍊滑掉，索性就直接戴著擦拭。殷紅如葡萄酒的菱形寶石非常美麗，溫潤的紅色讓人沉醉不已。我在浴缸裡往肩膀潑溫水時，也把水面的泡泡濺了起來。

夢幻的圓弧七彩色澤洋溢在浴室中，我意識過來時，氣泡竟然都在空中停住了！動也不動。

「咦！」

一分心，泡泡就又紛紛飄落水面。正想找出原因時，浴室窗外出現了沙賓的臉。

「哇！好厲害，妳剛剛做到了耶！」

「呀！」我連忙遮住自己的嘴，以免驚叫失聲，引來爸媽關心。

沙賓毫無愧色，開心地趴在窗外望向我的臉。

「女孩子洗澡時你都這樣直接探頭進來喔！」當然免不了一頓責罵。

「我不知道，沒這樣過。」沙賓也用一貫的冷淡方式回應我。「不過，真的很厲害

耶！妳剛剛不是成功了嗎？」

「是嗎？」我自己也驚喜得不敢相信，回過神才急忙抓過毛巾擋住胸前。

「為什麼要這麼驚慌，水面不都是泡泡嗎？狼是沒有透視眼的。」沙賓一臉認真，讓我脹紅了臉。

「你少在那邊給我耍嘴皮子，滾！」我用指尖生氣地一比，沙賓也識相地離開了。

我鼓起勇氣，再度試著讓泡泡停駐。雖然只是一小步，但一想到可能會失敗，就又遲疑了一下。

泡在浴缸中感受著水的溫度，我呼吸急促。

「現在不試，等等一定會後悔的，搞不好會失眠整夜，那還不如趁現在徹底練習！」燃起鬥志的我，決定正面迎向挑戰。

一次失敗、兩次失敗……在第七次時，泡泡終於又成功地停在空中。

我驚喜地緩緩從浴缸中起身，除了幾個大泡泡因為接觸到我的身體而破掉之外，大多數的氣泡都仍堅固完好地停留在空中，像是一整片靜止的圓形虹弧。

「太好了！雪碧，以後每天都要這樣練習。」我對自己說著，忽然因為放鬆而紅了

眼眶。

原本自認是不可能的事情，如今邁出了小小的一步，卻也能這麼開心！沖淨身體後，我感覺煥然一新。上次這麼為自己驕傲，是什麼時候？我真的想不起來了。

「也許，我不能再用過往的態度生活下去了！」我喃喃自語道，一面感受到語言的神奇。當我真的脫口說出這些句子時，以前那個退縮不前的雪碧似乎也縮得更小更遠，離我而去了。

或許對我來說，這才是真正的魔法。

七、新學期新負擔

我決定加入露露同學的魔法社，原因無他，只是為了讓自己更認識魔法、更親近魔法。而為了隨時了解我的狀況，沙賓也嚷著要加入魔法社。一下子多了兩個高二社員，露露顯得非常開心。

每天我都和沙賓一起在離家一公里的地方搭車上學，再一起放學，雖然沙賓仍對自己的住處保持神秘，但能夠有個作伴的對象，一起通勤也是挺好的。

只是，隨著家裡的經濟狀況越來越不好，我經常感到一籌莫展，原本開心學會的魔法停駐能力，卻遲遲沒有進步。

「只會這種小兒科的魔法，連自己都沒辦法保護啊！」我自覺這樣不行，每次社團課都十分認真地與同學分享筆記，積極自修。

「露露，德魯伊的符文畫法，哪個才是正統的？」今天，我也拿著筆記殷勤地詢問。

露露雖然沒有魔法體質，但術業有專攻，她總是能飛快地拿出對的書籍，翻到做滿

筆記的頁數和我熱切地討論！

沙賓則會無聊地坐在教室另一頭，有時望著窗外，好像在傾聽什麼。

「沙賓同學，對魔法沒有興趣，為什麼又要來魔法社呢？」因為他長相還算俊俏，不少女同學也會找話題和他聊。

「我對魔法沒有興趣，但是對雪碧有興趣！」沙賓的回答總是讓我一個頭兩個大。是的！他就是我這學期最大的壓力來源！

「拜託你不要造成我的困擾好嗎！」我把他拉到教室外說教的舉動，似乎只是讓同社的女孩們更加憤怒。

「算了！不跟你在這裡吵了，放學之後你要好好補償我的精神損失！」

「我要怎麼做，妳才會開心呢？」沙賓哀怨地垂著眼神。

「講得好像我很容易不開心！」我煩躁地想了想，說：「這樣吧！你教我傳心術，就是上次在森林裡、你把聲音傳到我心底的那個過程，這你總會吧！」

「會也不代表能教人。」沙賓悠悠地說，不曉得是瞧不起我，還是單純對自己沒信心。

每次上社團課總是如此受氣！好在今天跟露露學到不少德魯伊的知識。德魯伊是一種萬物皆有靈的森林宗教，教徒不能使用人類文字，只能用符文與詩歌溝通施法，練成法術者能輕易變身成為動物；當然，平時也能與動物溝通。德魯伊重視自然界的和諧，因此不會輕易選擇陣容，在傳說中會以守護自然環境為己任，保持中立的立場。

但在魔法系統中，德魯伊與女巫是截然不同的兩個體系。我也不知道學習這些知識對我的魔法有何幫助，只是希望自己能像塊海綿一樣吸收知識，能懂多少算多少了。

放學時，我與沙賓一起在今天早上等車的站牌下車，原本都兵分二路各自回家的我們，今天仍湊在一起，只為了跟沙賓學習傳心魔法。

「咕……」才想開口，肚子不爭氣地叫了。最近家裡的經濟狀況變得更糟了，爸媽經常都不吃早餐就開工，而我也連帶著不好意思拿取學校的午餐錢，就這樣，全家人都只過著一天吃兩餐的生活……

「咕！」這次肚子還叫得特別大聲，即使在沙賓面前裝得若無其事，又怎麼逃過他那雙敏銳的狼耳朵呢？

「這個拿去吃吧！」他從背包拿出一袋東西。

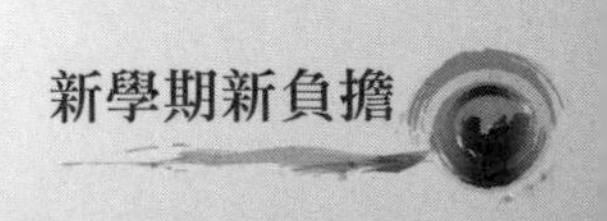

「這是什麼？」

「我早上打的生兔肉。」

「嗯……」我撇開頭。雖然這樣面對別人的好意似乎沒什麼禮貌，但我本來就不在意繁文縟節，更何況對方是沙賓。

沙賓自己就是個不受常識和規則拘束的傢伙，跟他在一起久了，我的反應也越來越直白。

秋風吹拂著我的碎花洋裝裙擺，這天氣很涼爽，我倆逆著風，在原野中走了一陣子。

「坐下吧！我去遠一點的地方待著，看看妳是不是還能準確聽到我傳給妳的訊息！」

我的態度也變得嚴肅起來，摸了摸胸前串著的紅寶石項鍊，在曠野裡盤腿而坐。遠處的浩瀚樹群形成一片祥和的綠意，沙賓背著我往後走了幾步，在芒草中只能隱隱看見他的細瘦身影與黑色短髮。風將沙賓的瀏海往後吹起，露出額頭的他眉宇深鎖，看起來寂寥而成熟。

「不要偷看我！先深呼吸一下。」

「真是！」我碎碎念了一句，照著沙賓所說的做。

望著眼前的漫天綠意，心情的確放鬆不少，舒服的微風與帶著溫度的夕陽在肌膚上游移。橘金色的天空將我家附近的風景染成美麗的色澤，也讓我的金色髮梢如火焰般，呈現出溫暖的漸層。

我將自己調整到使泡泡停駐在空中時的心理狀態。我淨空自己，想像原本自己的心就像一池髒汙的泥水，但當泥水與大地的純淨氣息接通時，水面也逐漸冒泡、清澈……最後，歸於平靜。

「湖泊！」我想像腦海中的那池水，逐漸蔓延成瑰麗沉穩的清澈湖泊。就像我初次變出羽毛魔法時、祖母木屋外的那抹嘉雅湖的綠水。

「聽得到嗎？」遠方的沙賓問。

「聽得到。」我開心且驕傲地高聲回答道。「你不要用講的啦！用心靈的傳呼的啊！」

「我現在就在傳呼啊！」我驚訝地回頭望向沙賓。

他也在遠處的金色深草中守望著我，嘴巴沒動，表情柔和。

「看來，妳很快就學會了嘛！」

「真的嗎？」我試著不用嘴巴回答，直接在心中的思緒用力地回覆給沙賓。「這樣你聽得到嗎？」

「很清楚！」沙賓的語氣帶著笑意，我這才意識過來，當他真正開始傳呼時，我雖聽不到他的說話音色、但卻能明確感受到他投射給我的語氣與情緒。

就像另一個我，用沙賓的方式直接在腦海中對我說話。我閉著眼睛切斷視覺干擾，專注地傾聽，傾聽自己的心。

「妳還滿快就開竅了呀！」沙賓傳過來的訊息清楚直接，我甚至可以感受到沙賓成熟穩定、替我開心的情緒。

「太好了，謝謝你。」

「不！妳本來就會這個技能啊！那天在森林，妳不就可以聽到了嗎？今天只是確定，妳也能雙向地把想法傳遞給我。如此而已。從電波頻率的理論來說，其實每個人的腦海中都配置了一台收音機，只差能不能打開天線。如果願意練習，傳心並不是那麼遙不可及的事。」沙賓說的如此簡單，讓我感到不知所措。

一方面，我還滿期待這是件艱難的事情，畢竟我已經這麼努力了，要是學會「心靈傳呼」，當然會希望自己被大大稱讚一番嘛！

呵，希望被這頭狼稱讚，好像是個有點蠢的願望。

「好啦！我這就稱讚妳。」沙賓聽到我腦中傳出的思緒，不情願地說。

我哈哈大笑起來。再度睜開眼睛時，最後的夕陽餘光已經飄降到山谷的另一側。滿天星斗在眼前展開。

我們迦農地區以經營農牧業為主，大城鎮的光害都集中在另一邊。或許交通上麻煩了點，但無論在自然環境或人際相處上都顯得十分「清淨」。

抬頭就能望見星空，這也是我們居住在郊區最大的寶藏。

秋季星宿已經清晰可辨，我瞇著眼，如釋重負地微笑。原來學會越來越多事，是如此踏實。

沙賓朝我一笑。他的黑髮金眼，輝映在星空的藍色中，更顯得炯亮無比。這位狼少年淘氣地小跑步走來，坐到我旁邊。

我在微寒的夜風中下意識地動了動，感受到他的體溫明顯靠近。

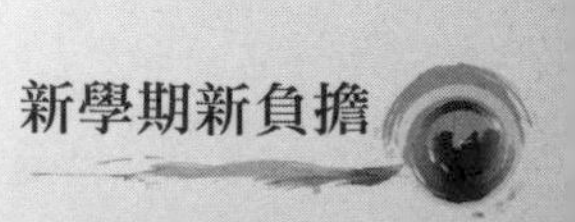

「很溫暖耶！」

「妳也很溫暖啊！」沙賓不加思索地回答。

「我是說體……體溫喔！」我連忙斜眼強調。

「喔！難道妳以為我是在說妳個性溫暖嗎？」沙賓笑著說。「別開玩笑了！」

「你！」我氣得咬牙，但先破壞氣氛的人是我，怎麼怪也只能怪自己。

看來這種彆扭個性，短期間還真是改不掉呀！

我的視線對上天際，銀霧般的銀河彷彿在流動著，沙賓索性躺下，用不費力的姿勢欣賞著星空之美。

「欸！你說，你們狼人家族也會看星星嗎？」

「看啊！怎麼不看！妳可以考我呀！」沙賓爽朗露齒笑道：「我馬上把秋季四邊形找出來。」

「對你來說，找什麼好像都不困難，我還是別考你了。」我故意掃興地說。沙賓中計了，立刻露出失望的表情。

「什麼啊！我就硬要講！那是碎鑽雙星，那裡是英仙座，是星座中的王子殿下。」

「噗嗤！總覺得你說『王子殿下』這種字眼好奇怪！」我偷笑道。

「像妳這種對王子一點幻想也沒的傢伙，才會覺得奇怪！」沙賓也不甘示弱地回擊道。

「姊姊！」心底忽然有個熟悉的語氣對我說。我驚坐起來，轉頭望向夜色中曠野。

「姊姊在哪裡？啊！聞到了！」這種笨拙又興奮的語氣，難道是……

「汪！」轉過身時，牧羊犬胖胖用沉甸甸毛茸茸的身體壓到我身邊，激動地舔著我的臉。

「姊姊！為什麼這時間還不回家啊！好煩喔！還好我來找妳了！」

「我……」我驚訝地望向沙賓。

「沒錯喔！」沙賓一派平靜地說：「除了我之外，妳現在也聽得到其他動物特地傳呼給妳的聲音了。但是能維持多久……」

「我知道，取決我的練習，對吧！」我邊壓住興奮彈跳的胖胖，邊回答道。

回想起來，施行任何魔法都需要經過調整、淨空，就像鐘錶需要校準一樣。過去我的簡易浴缸泡泡與羽毛練習，都只是在清空自己心底那些自以為是的包袱與煩惱，以便

能讓心去容納世界上的更多聲音、更多力量。

好像開始懂了。

「吃飯！什麼時候吃飯！姊姊，我要吃肉！」胖胖在一旁吵著，我撫摸牠的頭。原來平常牠也是一直這樣跟我說話，還稱呼我為姊姊，只是平常我都聽不見罷了！

從此刻開始！世界好像都不一樣了。

與沙賓分別之後，我在胖胖的陪同下回牧場，沿路我試著去聽鳥兒的歌唱，路旁野兔的對話，但都只是寂靜無聲。

看來牠們並沒有特別想針對我溝通什麼，而我的道行也尚未高段到能去竊聽動物們的對話。

「這樣也很好，聽得太清楚也是種麻煩嘛！」我輕鬆笑道。萬萬沒想到，今晚的這句話，也有一語成讖的可能性。

但，那又是另一個故事了。

八、改變

才走到廚房後門，就聞到滿屋子竟罕見地香氣四溢，今晚似乎比拮据的平日晚間多了許多餐點？有馬鈴薯漢堡排、牛肉湯的氣味，真的是要加菜了，難怪胖胖這麼心急地找我回來。

「爸、媽！我回家了！是有什麼好事嗎？」看到爸媽臉上也洋溢著雀躍的笑容，讓一連數週活在愁雲慘霧的我特別驚喜！

「雪碧，今天銀行的一位老朋友派了律師陪同爸爸去看我們位於溪谷的祖產，如果未來市政府在那邊有所規劃，或許就能賣出不錯的價錢。明天會再請仲介去估價，若成交了，牧場的經營就沒問題了！」爸爸樂得合不攏嘴。

「這些日子也委屈你們了！我一直想壓低生活費，不只是你們，牧場的動物們也很辛苦。」媽媽邊攪拌著熱鍋中的香噴噴濃湯，邊無奈地說。

的確！除了我們省吃儉用之外，牧場動物們的高級飼料也由廉價飼料所取代。倘若

現在打腫臉充胖子，牧場一個月內就會面臨斷糧的問題，只好先用拖延戰術，以便宜的物資撐一陣子。

看到爸媽都這麼開心，我豈有擺出苦瓜臉的道理，一面想著今天真是豐收又完美的一天，我開心地享用大餐。

「姊姊！肉！我要肉！」胖胖也愉快地在我腳邊等著撿拾肉屑。最近胖胖只吃了一些澱粉和菜泥，想必也十分委屈，我特地遞了幾塊肉給牠。

「好棒！天堂！真是天堂！」胖胖激動的回應讓我哭笑不得。

「恰巧明天是週末，我明天就帶仲介去看那塊地！」爸爸津津有味地吃著難得的大餐，媽媽與我相視而笑。

我想，這大概是爆發財務危機以來，他們睡得最好的一晚吧！

隔天早上，雖然是週六，但我與魔法社的社長露露依舊約好要去學校準備社團活動，畢竟社團成果展將和鎮上的嘉年華會，一起舉辦，只要能參加的社團成員就能加分。

「雖然不知道爸媽未來有沒有錢讓我升學，但能加分就加吧！」

慢慢感覺自己變得積極了，好事也會接連發生吧！我一面期待著今晚回家之後爸媽

的雀躍神情，一面前往學校教室。

沙賓今天沒有來，週末一到他就神隱，並不是什麼新鮮事。但我還是試著傳呼他。

「現在在哪裡呀？」

訊號似乎有點中斷，大概沙賓在距離我很遠的地方，不然就是我自己道行尚淺，隱約只聽到「今天不過去了」、「在忙」等關鍵字。

露露和其他女同學沒看到沙賓，失望掛在臉上，我們忙著練習擺攤用的紙牌占卜陣型，也一面背著牌意。其實我對塔羅牌占卜並沒有興趣，主要是負責美工與佈置部份，幫忙縫製桌上的神秘桌巾。

「這次我們也打算用指偶演出這個城鎮以前的魔法歷史，希望能夠吸引家長帶來的小朋友，這幾天將會決定要演什麼劇情，請大家多多蒐集素材。」露露同學的話讓我好奇起來。

「我應該去找翠祖母，搞不好她知道什麼，今天先自己找找資料，再去問她，或許會比較有效率吧！」才這麼想著，下午空出的吃飯時間，我便迫不及待地跑到鄰近的社區大學圖書館。

一開始也不知道該找什麼資料，只跟館員小姐說了想找鎮上的歷史，沒想到館員丟給我一些一兩百年的老新聞合訂本，讓我看得津津有味。

「哇！雪碧同學真聰明，知道這麼多門道啊！」露露社長也抽空前來。

「我才剛開始看而已呢！畢竟越快決定劇本的話，我們準備指偶的時間就越充分。」

「真棒！」露露誇得我都不好意思了。

如果能像她那樣總是率直地稱讚他人就好了，可惜我就是嘴皮硬，就算想稱讚他人，往往也只是想在心底。

我們用紙筆抄下了幾個比較有趣的素材，也把厚重的新聞合訂本帶回社團教室，和大家一起討論。

「目前有殭屍入侵事件，連續婦女遭野狼攻擊暴斃死亡事件，還有孩童失蹤案件這幾件比較奇怪。因為我們鎮上是以農牧為主，跟野生動物和森林妖精神怪相關的素材就是這幾件，可以添加一點有趣的元素，穿鑿附會一下，讓劇本更有趣。」露露向大家報告道。

「但畢竟是要公然擺攤演戲給孩子看的，還是編得可愛一點比較好，萬一引來家長抗議，我們的社團積分就飛了。」我總是把事情想得很嚴重，卻也剛好達到提醒的作用，大家紛紛同意。

最後我們票選殭屍入侵，被魔法擊退這種典型的英雄解決手法，讓孩子們看完戲能夠有個歡喜拍手的機會。

「應該沒有太小看這些事件吧！不過這些城鎮歷史還真讓人著迷呀！」忙了一天，我帶著包包回家。不知道是不是錯覺，今天的包包感覺特別沉重。

「奇怪，為什麼這麼重？」我扛的確實是自己的包包沒錯，但因為太過急切想趕回家聽聽爸媽今天賣土地的事情，我一路從公車站衝回家。

「姊姊！我們會沒飯吃嗎？」才剛踏上家門的階梯，就聽到胖胖用無精打采的聲音問我。

「怎麼忽然這麼說？發生什麼事？」我問胖胖，但牠還沒說出個所以然，我就知道了答案……

爸媽惆悵地坐在客廳沙發上，廚房沒有半點香氣，整個家冷冷清清的，甚至連客廳

的大燈都沒開。

彷彿被吸乾精力的大型人偶似的，爸媽死氣沉沉的模樣真是嚇壞我了。

「怎……怎麼了？難道今天跟律師碰面不順利嗎？」

爸爸連眼睛都沒看我一下，只是抱著頭坐著，渾身酒氣。

我望著桌上的酒，超級廉價又傷身的烈酒，我們的家境真有落魄至此嗎？

「媽……」我顫抖著問她，希望聽到一個答案。

「啊！都這個時間了，我還沒煮飯……」媽媽努力振作地站起來。

「不用煮了，冰箱也沒什麼好東西！」爸爸顯然是發酒瘋了，胖胖也害怕地躲到我身後。

這時，望著冰箱的媽媽才用空洞的眼神回覆我道：「今天我們帶了房地產仲介去看溪谷的地，那裡陰濕，不好開墾，也不適合種植作物或者養牲口，仲介說我們的地只能賣出原價的十分之一！這！連動物們一季的醫藥費都不夠啊！」

「怎麼會這樣呢？一定是那位仲介搞錯了！」我激動地說：「我們再找其他仲介來估價就知道了。」

「你爸爸今天已經找了三位仲介，都是鎮上公信力很好的仲介，大家看了都說這種地現在賣不了多少錢。」

我眼冒金星！這是爸媽對我傳達過最絕望的話。

「為什麼？為什麼賣不了多少錢呢？」必須看著他們痛苦的眼神追問，我自己也感到心如刀割。

但越是追問，只是越凸顯事實難以接受。

「那塊地本來就是荒地，作為牧場或者一般住家都不行，又被山谷陰影夾在中間，冬冷夏溼，仲介們也說賣相不好！」媽媽似乎無力回答我的問題，雙腿一軟，我連忙上前扶著她。

不忍望著媽媽在冰箱前蹲著的軟弱模樣，我將視線往上移。冰箱空空如也，只有一些牧場自產的雞蛋、水果與幾片薄薄的野菜。能填飽肚子的肉類與澱粉，是一樣也沒有！

我們已經山窮水盡了嗎？

已經忘記晚餐是怎麼解決的了，好像是吃了些牛奶配煎蛋，就這樣湊合著一餐。胖

胖領會到家裡的愁雲慘霧，也只勉強吞了幾口廉價飼料，就回我房裡休息。

「唉……該怎麼辦呢？」

回到房間時，隱約聽得到媽媽試著打起精神勸著開始醒酒的爸爸。兩人一定是疲憊地趴在沙發上，想著該怎麼保住這棟房子與牧場的動物們吧！

「聽說鎮上現在極度缺建築工人，很多建設都要開始了，我去做那個吧！」

「可是你少年時摔下馬的舊傷怎麼辦？現在天氣一冷都會復發吧！馬上就是冬天了，你真的要掛在高樓上，每天搬重物嗎？」媽媽的語氣已經哽咽了。雖然很想立刻跑出房抱住她們，但我知道，爸媽一定不希望讓我看到他們無助的模樣。

「還是把牧場的那些老瘦馬賣掉吧！」

「誰要收？」爸爸驚叫起來。「妳該不會是想把牠們丟給老約克吧！妳明明知道牠們會被殺死給那些馬肉餐廳吃的！」

「可是！不犧牲那些馬，其他還有大半輩子要活的動物也會活活餓死啊！我們下週就付不出糧草錢了，馬兒們該吃的保養品也已經斷了十幾天，牠們不舒服的症狀也已經出現了，與其讓牠們過這種沒品質的老年生活……」媽媽哭了起來。「倒不如給牠們個痛快！」

「不行！不能去老約克那裡！就算拼了這條命，我也要保住這些跟了我們這麼多年的馬兒！」

爸爸的語氣中沒有任何鬥志，彷彿知道自己遲早也會放棄似的。他只是趁著酒意把句子脫口說出，因為真正的理智，已經不容許他說出如此任性的話。

「我也會去老約克那裡嗎？我有這麼多肉！」回過神時，胖胖含著覺悟的眼淚望著我。

「不會！老約克不賣狗肉的。你別這樣說好嗎？我好難過！」我哭笑不得地摟住渾身肥肉的胖胖，但也是這時我才發現，胖胖只是毛多，黑亮的毛皮底下也已經摸得到肋骨了。這些日子來，連胖胖也瘦得這麼多！

「魯克，我們走！」我偷偷溜出門，趁著夜色牽出魯克。

「姊姊！都這麼晚了，妳還想去哪啊！瘋了不成！」連魯克也叫我姊姊，這還是我第一次用傳呼的方式接受到魯克帶著喜感的語氣，讓難熬的夜晚終於好過點。

「當然是去翠祖母的家啊！這種時候不跟老人家談談，還要等什麼時候呢？反正躺

著我也不可能睡得著！」

「可是！聽小班說森林那天發生了很可怕的事情，真的要去嗎？我應該還能活著回來吧！」魯克被我套上韁繩時甚至想躲開，讓我感到有些心疼。

畢竟，我的確不能保證等等的夜騎不會出事！

「我把沙賓傳呼來保護我們，這樣妳安心了吧！至於胖胖，我就請牠在家裡陪爸媽。牠最近都沒吃飽，還逼牠走這趟就太勉強了。」

聽完我這麼說，魯克仍嘆了口氣道：「欸！可是，我也沒吃很飽啊！最近的草又乾又硬，根本是拿來墊窩的，要我們吃下肚，太過分了吧！」

聽到魯克反映出其他馬匹的心聲，我又怎麼會好受呢！

「所以啊！」我勉強打起精神哄牠。「我們現在就去找翠祖母想想辦法，我相信她會有辦法的。」

「可是！翠祖母連自己的身體都顧不好了……」魯克話說到一半，就打住了。的確，上次看到翠祖母的模樣，要我不擔心也難。

而這次好不容易踏著夜色登門拜訪，翠祖母依舊臥床休息，看來是剛吃藥下去，我

也不好意思吵醒她，一直等到晚間十二點，祖母才因為口渴而緩緩醒來。

「雪碧？抱歉，妳每次來一趟都看到我這種樣子！」

「不用因為生病而道歉啦！祖母，只是很心疼，不知道怎麼幫助妳！」

「我這一個月來就這樣渾渾噩噩的，大病、小病不斷。以前被診斷出電磁波過敏，也不會這麼嚴重。」翠祖母真的是比以往記憶中的憔悴多了。

翠祖母病名為電磁波過敏症，而這也是她必須離群索居的原因。我們一般家庭必備的烤箱、電視、收音機等各式電器，只會害得祖母大病、小病不斷。而未來，隨著都市的開發，市鎮高科技建築往郊區移動逼近，祖母會被電磁波影響的程度只會越來越深，一想到這個問題，我也感到十分頭痛。

這世界上，多的是我無法掌控的事！

「雪碧！這麼晚來找我，有什麼事嗎？」祖母俯瞰著漆黑樹屋外的空地，似乎在替我確認著駱馬魯克的平安。

「嗯……」要對著病榻上的祖母提出爸媽的問題，卻讓我不知該如何說起。

「牧場的大家還好嗎？妳呢？開學了吧！」即使是簡單的話家常，祖母卻一眼就看

出我的癥結點。

或許祖母是故意要讓我別無選擇、脫口說出一切吧！我也只好把牧場遇到的狀況娓娓道來。

當然，我並沒有把爸媽多麼煩惱，牧場動物如何受苦等細節告訴祖母。

「那塊地的確是不值錢沒錯！」翠祖母眉頭深鎖。「真是抱歉，留下這種沒用的爛攤子，又讓妳們後代傷腦筋。迦農市是農牧重地，原本以為踏踏實實地搬到這裡經營牧場，就能一直穩定下去，看來我和妳祖父想得太天真了！」

祖母與祖父當初是從別的市鎮遷移到迦農市，開了這個牧場落腳下來。如今知道自己辛苦經營的一切，隨時可能付之一炬，祖母的臉上竟湧現了平靜。

「如果真的是這樣的話，那就順應局勢，把牧場賣了，搬回城市去，你爸媽腦子都很聰明，這次不要自己當老闆，給穩定的小店、小商場雇去，對妳的生活或許也有好處。」

沒想到，祖母是如此豁達。她總是這樣接受上天的考驗，就連我出生時因為聽力不佳、在接下來的幾年語言學習差了同學一大截，祖母也總說這是上天給我的恩賜！

我離祖母理想的境界很遠，相形見絀之下，此刻的我更是含著淚水，好想奪門而出。

「抱歉，祖母！我可能暫時還是無法接受您的說法，關於牧場的事，我還想再試試看有沒有其他的辦法！」

「這當然也很好。」翠祖母露出微笑。

我想起了一直想問翠祖母的問題。她以前就知道我會使用魔法，雖不鼓勵也不阻止，但會微笑地紀錄下我的所做所為。祖母難道不害怕嗎？還是小時候的我會魔法，並不算什麼稀奇的事？

「對了！祖母，我最近加入了魔法社，您還記得我小時候會使用魔法嗎？」

「抱歉！我不記得了，一點印象也沒有。為什麼妳忽然要加入那種社團呢？」

祖母的反應讓我很意外，她的語氣轉為冰冷，大概是認為我在家裡出狀況時還搞這些，顯得有些不倫不類。

事到如今，如果我還提起一隻狼，恐怕只會讓病榻上的祖母驚嚇不已。

「沒有為什麼，我單……單純只是因為升高二了，必須找個社團加入而已。」我打哈哈，將話題帶過。

此時，翠祖母再度探頭望向窗外的夜色，似乎在確認著什麼。

「祖母！晚上這裡還平安吧！看您好像有點擔心。」

「不！我一點都不擔心！」她露出疲憊而慈祥的暖暖微笑。「只是也已經午夜了，妳還是先騎著魯克回家去，等哪天祖母身體好點，我再做薰衣草餡餅給妳吃。」

「好！我好期待喔！」真摯地擁抱祖母之後，我感覺總算稍微打起了精神。

現在回想起來，如果當時我能更快察覺祖母的狀況，或許，那件憾事就不會發生了……

九、黎明的決定

早晨清醒時，我是被一個驚慌、同時也帶著傲氣的年輕男性聲音所驚醒的。

「不要！住手！放開我！我不要走！」

推開窗戶，牧場的前任冠軍賽馬小班，正被兩個不認識的男子套上套索！

「混蛋！放手！小心我殺了你們！」小班暴怒地喊著，一陣又踢又跳，卻因男子粗暴的拉扯而摔倒在地。

牠激昂的悲鳴，讓牧場的動物起了一陣騷動。

「怎麼辦？漢克先生怎麼會讓我們小班這樣？」

「小班身價最好，會先帶走牠也是沒辦法的！」

其他的馬匹害怕地躲在圍欄的另一邊討論，我都聽得見牠們的徬徨。

「爸！媽！小班牠……」我顧不得還穿著睡衣，奔向門口的寒瑟秋風中。

「等牠累了，就會跟他們走了。」爸爸雙手撫住臉，不忍心再看著小班死命掙扎，

從門廊躲進客廳。

「媽！為什麼這麼忽然！也不跟我商量呢？」

「今天賣了小班，其他牧場的動物或許還能撐個兩週，這已經不是能和妳商量就解決的事了。」媽媽告訴我，小班將去一個觀光牧場，當都市乘客的載客馬。

就在我意識過來時，我已經哭得泣不成聲。小班驚天動地的嘶嚎傳遍整個漢克沃德牧場，爸媽都躲回屋裡，或許可以少聽到一些悲鳴，但小班的意念，卻像鼓棒般沉重地一次次直接敲進我心底。

這是怎樣也不可能迴避的。

「小班！」我受不了，高舉雙手衝上草坪。

「請不要這樣用力地拉牠！牠是前任冠軍馬耶！萬一又讓牠摔傷，我們過去的心血就白費了！」

兩個男人聽了，鄙夷地望了我一眼。「好啊！那妳來教教我們怎樣才能讓牠上馬車啊！小姑娘！」

我沒時間顧慮他們的可惡反應，畢竟他們是要開支票給爸爸的人，得罪不起。我只

是咬著牙移開他們的套索，牽住小班的韁繩。

「小班！是我啊！雪碧！」

小班與我視線相觸的那刻，立刻停止狂燥的跳動。

「不要過來！我會讓妳受傷喔！」雖仍是如此驕傲的語氣，小班的身體線條已經比方才柔和許多。畢竟牠也知道，牠隨便的一跳、一扯，都可能讓我連人帶繩撞上地面。

「小班，你這樣會傷到自己的，你看到那些鞭子了嗎？那是用來打你的。」

「打我又怎麼樣！我很耐打的！」雖是嘴硬，小班溼潤的瞳孔中卻充滿了恐懼與無奈。

我哭著抱住牠黑白相間的大鼻子。「小班，拜託你乖乖跟他們上卡車好嗎？就當作去旅行！等我們……等我們有錢，一定會去接你回來的！」

「妳自己也知道這是騙人的！」小班的眼睛湧出淚水，但牠仍伸出舌頭，重重地舔了我的手一下，無奈地道別。

「去新牧場要乖，要服從，聽我媽說那是一個觀光牧場，你只要每天乖乖載城市裡來的客人走上幾圈，就有飯吃了。」

「可是！我在這裡什麼都不用做，也有飯吃啊！我不相信我去那裡會比較好！」

「那裡的飯比較高級，不像現在，因為沒有錢，只能給你吃些爛食物。」我勉強說服著小班，也說服著自己。

畢竟，還是得放手的！

目送小班跟著陌生男子走上大卡車時，我感覺整個心都被掏空了。讓我們的冠軍馬小班去被那些觀光客鄉巴佬、粗魯的城市小孩乘坐，牠的自尊真的承受得住嗎？但我不能再想這些，以免把自己的擔憂也一併感染給小班。

「小班，再見！你一定要好好照顧自己喔！」

小班一定聽到了，但牠不願意再回答。我望著猛力關上的卡車車廂門，直到卡車駛遠，邁向家門數公里遠的黃土道路，我都無法再想著其他事情。

※※

日子再怎麼不順遂，還是得走下去，我踏著沉重的步伐到學校和同學排練魔法社的兒童劇劇本，想到祖母說的話，又開始煩躁起來。

祖母在日記提到我初次變出羽毛魔法的事情時是如此愉快，昨晚卻一口咬定她不記得了，是單純地不記得，還是有什麼隱情呢？

「奇怪，社團辦公室最近有掉東西耶！我借的書好像不見了！」露露邊找著東西，邊抱怨。

「大家再找一次看看吧！」我心不在焉地回答。此時，露露和其他同學也繼續翻著社團的書桌與抽屜。

「咦！這是……」我看到今天的報紙被翻了出來，頭版寫著市長要與知名的萬象企業合作，興建購物中心與大飯店，還要成立本州的第一座紡織園區。

「本城市即將轉型為輕工業城市，創造更多就業機會！陸陸續續將有四萬個職缺釋出。」是個讓人打從心底快樂起來的新聞，我想到爸媽昨晚的對話，他們不就有意願搬到城市去，找個穩定的工作嗎？如果是那樣的話，或許我也不用為升學的事情而煩惱了。

但到那時，漢克沃德牧場勢必會不復存在吧！牧場的動物都會轉賣給鄰近的牧場接收，不！我們的牧場大多是些老傷殘的馬匹，大概還得紛紛花錢拜託別人讓我們「寄養」，而不是直接轉手。

「如果對方能好好照顧我們的馬！付點錢是沒關係，只是，爸媽真的負擔得起嗎？」

「雪碧！輪到妳念台詞了！」與我對戲的高個兒副社長傑德，不滿地抖了抖手中的指偶。

「喔……好！抱歉。」我望著台詞。「魔法三要素為力量、渠道和接收者，我們現在只缺一個渠道。」

由於不太明白台詞的意思，我唸得比往常更加結巴。

「唉！不是我在說妳，雖然平常就知道妳耳朵不好，有結巴的問題，但這是在演一個劇，妳至少也先唸得順一點，再放點感情嘛！」沒想到傑德會開口就指責我，講的還是我最討厭被戳的痛處。

但既然是自己練習不夠，也怪不得他人數落！我只能靜靜地等傑德唸完。

「對了！沙賓怎麼今天也沒來？難道妳又沒跟他說一定要來嗎？這是最後一個黃金週末了，下週就要去擺攤開演了！」

「沙賓不缺這些分數！」原本只是想替沙賓說話，不料語氣有些強硬，傑德變得更生氣了。

結束了烏煙瘴氣的一天後！我坐公車回家，一路上期待地望著遼闊的公路，牧場與綠地，盼望著能遇見沙賓。

當然，我也對沙賓展開傳呼，只是他始終沒回應。

「真是悶透了！想找個人講講話也不行，沒一件事是順利的！」我沮喪地回家，才剛接近家門前的草坡，就看見一輛高大的黑色轎車，突兀卻雄偉地停住在我家門前。

「是什麼大人物嗎？」我即使沒親眼看過這種車，卻也在電視上知道，乘坐這種車前來的傢伙一定來頭不小。慌慌張張地奔進屋子時，迎接我的是滿室的笑聲。

爸媽正與兩三個穿著西裝的陌生人相談甚歡。

「啊！我女兒來了，雪碧，這是市長秘書克羅，以及萬象企業的接班人偉特先生，還有這位，是律師珍娜。」

我這才看見角落裡的那位女性陌生人，而是穿著香檳色的氣質套裝，窄裙下的腿看得出有些年紀，卻線條好看，棕色長髮，是非常優雅的中年女性。

這兩男一女來我家做什麼呢？八成是談著好事，才讓爸媽得以從愁雲慘霧中解脫吧！

從桌上咖啡杯的污漬來看，這群人在這裡也坐一陣子了，用相談甚歡應該不為過。

「雪碧！我們可以把牧場交給市政府管理，這裡符合他們的農牧保存計畫，動物們也都會獲得妥善照顧。放心，只是讓出經營權，名義上我們仍是地主！」我確認爸爸眼神清醒，神情彷彿鍍了金一樣，這番話聽在我心底，自然也是悅耳至極。

「真的嗎？」我喜上眉梢，此時，胖胖卻咬住我的洋裝裙擺，讓我出了洋相。

「幹麼啦！抱歉！我出去一下！」只好先找個理由告退。

「有什麼事不能用講的？要在滿屋子客人前面咬我裙子！」門廊上的我罵胖胖道。

「我剛剛一直叫妳，妳卻沒聽到啊！」

看來的確是我的疏忽，畢竟大人們談的事情攸關牧場，我怎麼可能分心呢？

「佳恩不太對勁！」

佳恩是匹老母馬，據說曾經產下不少冠軍馬的後代，可惜被惡質馬場當成種母利用壓榨完之後，就要賣去當軍營的載貨馬，是爸爸積極阻攔才救了牠。因為是元老級的馬兒了，佳恩也在我們牧場上有著族長般的地位，不少適應不良、曾受到虐待的馬匹，都因為佳恩的關懷，才在我們牧場上漸漸放開心胸，享受生活。

「現在佳恩是在馬廄裡吧！你先去叫威爾斯獸醫好嗎？」

「找過了，但他又不在家了。」胖胖回答。

刻不容緩，當我趕到馬廄時，原本總是站得挺拔的佳恩，竟是疲憊不堪地躺在自己的欄舍中。

「對不起，雪碧小姐！我站不起來了。」佳恩虛弱地甩了一下泛白的淺色鬃毛。

「為什麼要對不起？」我心疼地摟住佳恩不斷往下垂的脖子。「妳哪裡不舒服呢？」

「上週開始就腳沒什麼力氣，走路也很痛，偶爾晚上會趴下來睡覺，但總是睡不好！今天雖然有出去吃草，但疼痛越來越難以忍受了。」

「是腳痛嗎？」我輕輕伸手想撫摸佳恩的腿。

「全身關節都痛，啊！啊！請不要碰！」

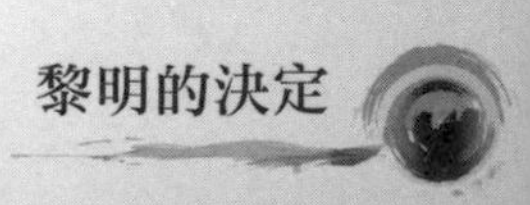

我知道原因是什麼，佳恩或許不好意思提起，但我們從兩週前就停止給馬兒餵食一切必須的保養品，包含止痛與潤滑關節用的葡萄糖胺。

以往馬兒若有跛行、弓背等症狀時，我們都會根據威爾斯獸醫的建議給予適合的保健食品，畢竟這些馬兒換算成人類年齡，多半是六七十歲的長輩居多，怎麼可能只靠一般的糧草就維持住健康呢？

「佳恩，真的很對不起，讓妳受這種苦，但是我今天聽到好消息！牧場的危機很快就能解除，我會督促爸媽一拿到支票就發營養品給妳們吃！胃容易脹氣的傑克、亞當和柏德都可以繼續換成高級的飼料，也可以適當補充腸胃酵素。當然，葡萄糖胺和該給的保健品，也都會用以前的份量配給妳們。」

「那麼，就麻煩小姐了！雖然我很討厭喝那種苦苦的液體，但一兩天不喝，身體真的就開始出現異常了。」佳恩重重地嘆了口氣。

短期缺乏保養品而出現的症狀，或許能夠恢復，但如果時間再拖下去，對這些老馬而言，傷害一定遠比我想像中的大。我一面把這件事記在心底，一面請胖胖明天一定要再去找威爾斯醫生，給佳恩做更進一步的檢查。

回房時，我已經累了一天，連洗澡的力氣都沒有！便在書桌前坐了一下。

「好想找人講講話……」腦中浮現沙賓的臉孔，原來這傢伙對我來說這麼重要，明明一見面只會抬槓、吵架，我這才發現，沙賓一直都不是帶給我壓力的那個人。

他就像鑰匙，開啟了我對魔法的興趣，也因為這份興趣，我變得能用其他角度看事情，卻也充滿了不安！

我帶著不愉快的心情入睡，當破曉時的光線透過窗簾瀉進我房間時，窗外傳來一陣騷動。

像是有人輕敲窗戶的聲音。因為這兩天過得太糟，睡眠品質已經很差，我只想繼續蒙頭大睡。

沒想到這聲音持續了好幾分鐘，我走投無路，只得放棄夢鄉。

「怎樣啦！誰！」大概又是沙賓，我睜開乾澀的眼睛憤怒地起床。

本身我就有起床氣的問題，特別是這種想抓緊時間睡著的凌晨四五點，我的怒意就變得理所當然。氣沖沖地替沙賓開了窗之後，我無力地縮回被窩裡。

「天都還沒亮，你來幹嘛！等等在學校不就可以見面了嗎？」

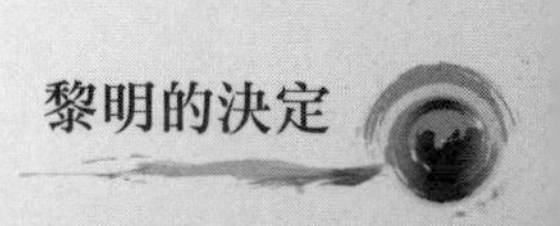

平常總是飛快又平靜回嘴的沙賓，這次沉默了幾秒。當我意識到不對勁時，才緩緩從被子中探頭。

沙賓的神色蒼白，身體與頭髮都有泥土與草屑。

「你就這樣髒兮兮地直接坐在我床上嗎？真的很沒家教耶！」

當我明白自己似乎說錯話時，沙賓的金色眼瞳有著深沉的失望。

「聽好！」雖然我是為了妳才來到這裡，但不代表妳想傳呼我時，我就隨時要出現！」

我從沒看過沙賓用這種冰冷的眼神對我說話，渾身的血液都凝結住了。

「同樣地！」他沉痛地望著我的眼睛繼續把話說完：「我不是妳的附屬品，也不是妳的寵物，雖然我自願來到妳身邊，但這不代表妳可以永遠擁有我，也不代表妳可以漫不經心地這樣傷害我！」

我啞口無言，只想著該怎麼替自己辯解，才能讓自己聽起來沒那麼惡劣，而這樣拙劣的思考模式，也早就被沙賓識破了。

「妳想說妳沒什麼惡意，對吧！」沙賓抽開像金色彗星般的銳利目光。「告訴妳，

所謂的沒有惡意，其實是出自於真正的下意識，這才是最傷人的。」

「對不起……」我作夢也沒想到，看起來是個好好先生的沙賓，竟然也會受不了我。

從小到大我就沒有過長久的朋友，在學校被排擠、寒暑假時也只能跟動物相處，沒想到是因為我自身的關係。

「妳太意識到妳自己的不足了，其實妳的語言、妳的聽力根本就不是問題，也許妳覺得把朋友惹生氣了，他們就會離你而去，妳就輕鬆了，但是妳聽著，我來這裡，本來就不是要來讓妳輕鬆的。不管怎麼樣！在狀況明朗之前，妳都得習慣我。知道嗎？」

沙賓的「習慣」兩字發得好重、好痛，我的心臟明顯感受到他所面臨的情緒，就像暴風雨前、壓在牧場上空的厚重雨雲。

「對不起！你每次從我旁邊跑走，其實我都想過或許你就這樣不會回來了，而這樣我也會輕鬆了。也很抱歉我很少主動關心過你，你要放下家人來到我這裡面對這些什麼魔法的屁事，最辛苦的一直都是你才對！」我哭了出來，因為覺得沒有臉面對這個正直的傢伙，我用雙手遮住了臉。

沙賓拉開我的手，清澈的金眸像直達谷底的探照燈般，彷彿在尋找著那個往後退卻

的我。

「沒事了！只是，有必要告訴妳這些！以免之後想說，卻沒機會了！」沙賓緩了口氣，表情因為一口氣說出心底話而顯得輕鬆了些。

直到他說出剛剛那些話之前，我都還沒認真想過，沙賓跟我一樣，只是個孩子，他離鄉背井，也會想家，也有自己想做的事；而我卻只是因為諸事不順，他又碰巧不在身邊而亂發脾氣。

我真的是可恥！雖抹去了眼淚，卻因為過度厭惡自己，身心都顯得更狼狽。

「雪碧！我說那些話不是要針對妳，所以妳不要再回到妳自怨自艾的老習慣裡，可以嗎？我希望我們之後可以好好相處，因為，我不可能永遠在妳身邊！」

在一起的時光是有限的，沙賓總有一天會離開我。狼是這麼活在當下的動物！所以希望能彼此好好相處。終於明白他用意的我，止住了眼淚。

這是我第一次發自內心去心疼沙賓，並主動詢問他這幾天遭遇了什麼事。

原來，沙賓仍繼續在追蹤森林中攻擊我們的黑狼與獵人真相。

他忽然握住我的手！

「雪碧，閉起眼睛！」

我腦海中猛然閃過沙賓穿梭在林地、狼狽吐息的畫面，接著，我看見了一個破碎的玻璃小瓶，瓶身外圍被草環圈住。

原來，沙賓在給我看他先前在森林中搜索的畫面。

「妳看到那個道具了吧！破瓶應該是用來盛裝某種能量，草環是為了鞏固能量不要被外在環境干擾，是施法的道具。」沙賓嚴肅地望向即將黎明的天空，晨光輝映在他濃而深的眉宇線條上。

「原來，還真的有魔法，但它應該不是針對我們，因為我們這幾天都平安無事啊！」我聳了聳肩。

「不！它是針對我們，只是，它還沒笨到直撲我們而來，而是要引誘我們走向陷阱！」

我這才意識到問題有多嚴重。「沙賓，你不要再一個人去森林了。我也要想想翠祖母該怎麼辦！搞不好她被什麼邪惡力量騷擾了，才一次比一次衰弱！」

「那我們兩個今天就去看看妳祖母，搞不好她聽過或看過什麼奇怪的事，這也能當

作我們的線索！」沙賓與我做了個決定。

十、迎頭反擊

我們蹺課了。

因為翠祖母遠比上學更重要。

坐在魯克背上，往祖母家前進時，我不斷想起那個草環與玻璃瓶，便利用時間翻開手邊的社團筆記。

魔法三要素，力量、通道與接收者。倘若接受者是上次攻擊我們的黑狼與獵人，那草環與瓶子就是通道了，透過調查通道的狀況，應該能逆向追蹤力量的來源，也就是施法者！

「草環上的材料有覆盆子、芒草、漿果……瓶子材質是錫製蓋子配上玻璃。」我翻著隨身版的花草藥典一一確認：「這應該是德魯伊的魔法吧！但德魯伊一般都是站在守護者的角度，為什麼會如此惡意攻擊我們呢？」

「也許對方只是利用德魯伊手法，來掩飾自己真正的身份！」沙賓與我一面討論

著，卻沒有結論。

直到我們抵達祖母家時，才發現草地上滿是一團團可怕的毛茸茸物體。

「天啊！這是翠祖母的斑鳩呀！」所有她飼養的斑鳩都身體僵硬地墜落在地面，顯然暴斃很久了。

「祖母！」我激動地闖進房間，祖母的身體已經失溫了。

偏偏祖母住的地方離城鎮有一大段遠路，等到我們好不容易將祖母送回大馬路旁，又將她送上汽車駛往醫院，已經是下午的事情了。

爸媽堅持我應該回去上學，沙賓便陪同驚魂未定的我一起改搭公車去學校。因為祖母出了如此大事，爸媽也無心過問太多，只將沙賓當成我的同班同學。

往學校的公車上，我與沙賓的體力其實已經到了極限，但沙賓仍警醒地望著遠方。我靜靜地凝視著他的側臉線條。沙賓的眼形細長而尖銳，彷彿畫了眼線似的濃密睫毛，讓他擁有剛柔並濟的氣質，每次望著這張空白卻也寫滿深刻情緒的臉時，我都覺得自己遠遠不及他的堅強獨立。

忽然間，沙賓伸長了脖子，像是發現了什麼！

我望向他眺望的方向，一片平原上的民宅傾頹如被地牛翻過，屋頂有火燒過的痕跡。

「這不是我們副社長傑德的家嗎？」我與沙賓面面相覷。

「痕跡還很新啊！是今天早上的事嗎？人應該被救出來了吧！」沙賓喃喃自語。

看見每日接送傑德的紅色轎車，竟翻倒在地時，我激動地拉了下車鈴。

「司機！麻煩您！」沙賓也連忙幫我喊著。

我們一下車，就往反向衝。

傑德家很明顯出事了，就算人被救走，基於最近怪事頻傳，我們也有義務立刻了解發生了什麼事！

半個房屋都垮了，不曉得是因為地震還是火災，或者單純因為結構不穩而垮了。我們這種農牧小市鎮的確是常有這種事，但畢竟是同班同學的家，只在車上匆匆瞥一眼就自我安慰「對方肯定沒事」，絕對說不過去。

「小心喔！結構可能還有問題，隨時都可能繼續垮下來！」我提醒跑在前方的沙賓，隨後不斷大喊傑德的名字，確認是否有人還被困在內部。

「傑德?有人嗎？」我先朝被翻倒的轎車底下查看，裡頭沒有人。

整座大屋像是放得半軟的氣球般歪塌，我追隨著沙賓從尚未倒塌的西側門廊進入。窗框都被震碎了，滿地碎玻璃，越往裡走光線越暗，焦黑的門柱空氣中瀰漫著濃煙殘留的可怕苦味，讓我和沙賓的鼻腔都充滿壓迫感，衝擊直攻腦門。

「火災應該發生不到兩小時，應該有人來把這裡撲滅了！」沙賓機警地蹲下，摸了摸地上的粉末。「妳看，這是水漬沖過的黑屑痕跡，地板都還是濕的！」

「但是今天早上我沒聽到消防車的聲音耶!你有聽到嗎？」

「完全沒聽到！」沙賓也搖頭。

「有人嗎？」我繼續往裡頭叫著。

忽然間，裡頭傳來摩擦聲，像是有什麼木條被踏折斷裂的聲音。

「傑德?有人嗎?我是雪碧!我們來救你們出去！」

「喀滋！」裡頭又傳來同樣的聲音，緊接著，是整棟房子驚天動地的嗡嗡聲。

天花板掉下粉末，巨大的迴響讓我和沙賓抱頭蹲下。

「是上面的樑柱傳來的，房子隨時會塌！」我轉頭時，看見沙賓的金眸也有一絲游

移。

「救……救我！」本來還在猶豫是否要進入，裡頭卻傳來清楚的人聲。

「我進去！」

「可是……」我拉住沙賓。

「妳留在這，妳不是變過停住羽毛和泡泡的魔法嗎？」

「對……」我不懂為什麼沙賓要提這個。

眼看沙賓往黑暗裡靈巧地衝去，一路躍過地上的亂石與碎木。

「嗚……」天花板再度傳來可怕的塌陷回音。我整個人縮了一下，這才明白沙賓的意思。

天啊！那種小兒科的魔法真的能用在這裡嗎？

「不！不是想這個的時候！語言的能力是很直接的，我現在該……」我亂了陣腳，大聲告訴自己，我可以做到！

「停住！」我對天花板吼道，要是以前的我，一定會因為自己此刻又蠢又慌的舉動而瞬間放棄吧！但現在的我卻吼出了這樣的指令，感覺胸口一陣發燙。

瞪大眼睛盯著天花板，使勁與不斷發出巨響的樑柱對抗，我舉起雙臂，十指朝上猛張。就在此刻！我才發現胸口發熱並非我的錯覺！從祖母那裡拿來改造的紅寶石戒指竟然也順著我的動作，往上延伸漂浮，瞬間放射出比鮮血而還殷紅濃郁的猛光。

「嗚……嗚……嗚……嗚……」天花板繼續掉下牆垣的粉末，天窗瞬間也破了，千萬玻璃碎片朝我直接猛墜。

「停住！」我激昂地嚷道，眼睛直視著往下掉的碎片。

而碎玻璃就在我眼前五公分的地方停住了。

「雪碧！再撐一下，我抓住他的腳了！」沙賓在漆黑的盡頭傳來呼喊，立刻振奮了我的心神。

「我的魔法起作用了，我一定能撐住這個房子，一定能撐住！」我高聲朝自己喊著，或許也喊進了沙賓的心，他此刻的所見所聞，也像回力鏢一樣擊進我的腦海。

沙賓揪住了我同學傑德的腳，細瘦的沙賓甚至將高大的傑德扛了起來，全力衝向我，衝向大門。

「撐住！雪碧！」透過沙賓的目光看見自己時，我十分驚訝。原來我的金色長髮都

也如同凝結在空中伸展出去，在靜止的玻璃碎片中堅毅地站立。

「雪碧！我們出來了！」

「好！」我緩步地往後退、壓低身體，持續發出靜止的念頭，一直到我移動腳步後，數噸的屋瓦與斷樑摔打在我原本站的位置，粉末噴上了我的臉，髮梢也被漫天的牆灰吞噬。

身後的世界因為我的撤守而陸續崩塌，地板震得我連跑都跑不穩，只能踉蹌地朝有光的地方猛力前進。我甚至一度被震倒在地，雙手碰到石壁殘骸劃出了鮮血。

聽著身後的崩毀巨響，我跌進了光中，跌進了沙賓的懷裡。

「傑德！對不起，你的家人……」我望著雙腳骨折，掩面哭泣的傑德。昨天還活靈活現地在社團教室裡與我對戲的傑德，此刻只像個殘破的布娃娃嚎啕大哭著。

我與沙賓再怎麼努力，終究還是無力救出房內的其他人。

很想知道傑德到底出了什麼事，我甚至努力張口想說話，卻發不出聲音。

頭痛欲裂，天旋地轉！當我醒來時，這才發現自己躺在一個好安靜，好溫暖的地方。

一眼就瞥見老式教室特有的方格子窗，外頭是溫暖的黃昏，陽光如好友般裹住全

身，我身上披著的黑色外套，有獨特的青草香氣，閉著眼睛嗅聞，就能清楚明白對方的身份。

是沙賓的外套。

「妳還好嘛！雪碧。」沙賓溫潤而微沉的聲音在耳邊響起。

看來他把我帶到了空教室裡。這裡是階梯式的木質地板大教室，前方有著與牆同寬的巨大黑板，後方堆放著美術雜物，走道上已被整理出一個臥鋪，看樣子，平常沙賓就曾在這裡歇息。

「這裡是……」

「傑德家附近的廢棄小學教室。因為我知道妳一定不願意去醫院，看妳也沒有任何外傷，對我的呼喚也有眨眼和瞳孔反應，就直接把妳帶到這裡，等妳恢復意識。」沙賓沉穩地解釋著，邊輕輕將我扶起。

「我以前看過這種狀況，初次施放巨大能量之後，施法者往往會放盡氣力。今天要妳去撐住那片屋頂，真的是有些勉強妳了，也是拿我們的命在賭博！我不應該這麼草率的！」沙賓難得地帶著愧色與歉意，瞳孔中的金色就像此刻的夕陽一樣輕盈卻溫暖。

「不！當機立斷是對的！我真的很高興，原來我做得出那種事。啊！」我摸了摸胸口。「那條項鍊……」

「這好像是重要的施法通道，是用來承接魔法能量和妳之間的橋梁。」沙賓將保管在他那的項鍊還給我。

紅寶石又恢復了以往的冰冷，我沒有忘記這是從祖母那裡繼承而來的。沒有華麗的開場白、也沒有什麼家族的祕密要說，祖母就只是伴隨著舊物一起給我……

她到底為什麼要這麼做呢？

我起身從包包中拿出我的水瓶，和沙賓交換著喝。我這才發現我昏過去的這幾小時間，沙賓還曾奔走到醫院去打聽消息，腳底都還是塵土。

實在是太渴了，我們這才像兩個貪婪的孩子般，一直輪流喝著水，終於享受到放鬆的美好。

「你也喝得太急！」我們相視而笑。

在稍做喘息的當下，沙賓告訴我，傑德已經被送往醫院接受治療、而他的家稍早遭受縱火，消防隊第一時間並沒有發現他、只帶走了他的父母，因為父母意識一直到剛剛

才恢復，所以傑德就獨自躺在危險的屋舍殘骸中，直到我們發現他。

至於傑德的家為什麼會遭到縱火，目前還查不出原因，但消防隊的態度很冷淡，沙賓也打聽不出什麼，就急著趕回我身邊了。

已經休息夠了，有太多問題該去找翠祖母問清楚，我拎起沉重的包包起身。

就在此時，因為我力氣尚未恢復，才一個沒拿穩，包包就摔落在地，那本厚重如磚的歷史新聞合訂本，也連帶地滑了出來。

原來我前幾天誤把露露借的書收到自己包包，現在才發現。

「唉呀！這麼脆弱的東西都被妳摔壞了耶！」沙賓邊虧邊伸手幫我撿書，我則好強地自己彎下腰，合訂本的確摔得不清，有幾張編訂不全的紙頁甚至就這樣滑出書皮。

而當我倆的視線接觸到其中一張老舊剪報時，手邊的動作也停住了。

「魔女與狼的傳說」斗大的標題用著現今早已不會用的復古彎曲字體，而這是一百多年前的當地新聞剪報藝文版，上頭的專欄名稱為「那些我們已不說的杜撰歷史」。

即使當時的投稿作者都強調是杜撰，仍無法讓我們的好奇心退卻。

我和沙賓，用激動的心情開始讀起以下的文字。

※※

那是當沃魯思還是一片荒蕪城鎮時的事了。

首波來此拓荒的必薩家族經歷了五十年的光陰，在沃魯思平原成了望族，並擁有百戶佃農與奴工為他們賣命。不久，必薩家族與新遷入的商人家族暮莎忙著政治角力，瘟疫卻到來了。

心急著想鞏固地位的必薩家族，揪出瘟疫的始作俑者，將她們視為女巫一一吊死，該家族的唯一一位男丁則得以倖免。

然而，後續又有市民回報，說這名逃離沃魯思的男丁，其實是一名十六歲的少女。沃魯思派出爪牙追殺少女，迫使她一路逃向森林。在那裡有著勢力壯大的狼群，爪牙們判定少女也活不了多久，就暫時收手離去。

過了兩年，沃魯思鬧了飢荒，森林裡也被漫天大雪所覆蓋，許多動物族群一一遷移

離去，卻有人目睹到奇異的景象。

有名白衣少女與一頭孤狼站在荒野中漫步。少女發出嚎叫時的聲調壯麗而妖艷。

無論相隔多遠，只要她一呼求，孤狼便總是趕到她身邊。

人們傳言道，這名少女就是當年逃走的男丁，而飢荒、大雪都是她的巫術，這次，沃魯思的兩大家族聯手起來拘捕她。

連同座森林中的其他無辜狼群，也無法倖免。

隨著獵狼行動的展開，追捕者漸漸將獵殺範圍縮減到銀白色的公狼身上。

這期間，陸陸續續有人見到少女依舊穿著清新脫俗的蕾絲連身裙，腳踏靴子，悠閒快樂地與白狼在原野中漫步。即使是在人人必須穿著皮襖保暖的寒冬，少女滿面春風，身著單薄卻自在無礙，彷彿把所有世界上的溫度都竊到自己與血液般。

他們會跟著少女的歌聲舞動，彷彿是彼此是親暱的姐弟，又像是一對戀人。

當大春回春，草原融雪消退，少女與狼也隨之消失了。人們開始想著，難道過去的飢荒與雪災都是一場惡夢嗎？

也有人說，少女到別的地方開始了新生活，她偷走了人們在那個嚴冬的溫度化作自

己的法力，更幫助身邊的白狼獲取變身能力。

白衣魔女使狼變成了人，讓狼的後裔也能以人的姿態存活下去，不必被獵人誘捕放毒，再度體會到家破族滅的滋味。

根據沃魯思北方三十公里的溫加鎮歷史書描述到，少女與狼各自成立了家族，雖然無法彼此相守，卻寫下了血盟誓約。

「本盟約將穿越世世代代，即使分隔兩地，若我們的後代有難，就必傾情呼求。當白月照亮夜晚，喚聲突破了鐘響，那就是我們重逢的時候。」

※※

讀完這段文字時，我的聲音顫抖，血液也彷彿起了一陣騷動。

看來，召喚沙賓而來的，或許就是我未曾謀面，也從沒聽過的那些先祖吧！

但我此時是失落又困惑，倘若我真的是白月魔女的後代，又假使這個盟約如此重

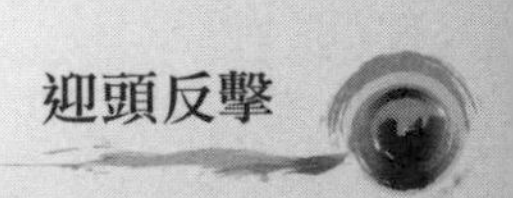

要，為什麼我們的家族故事卻沒有傳承下來呢？

「難道是太多的迫害與追殺，才讓我的祖母、曾祖母都三緘其口？」

「不說的事，不代表從未發生過。」沙賓輕鬆地笑著開口。

「沙賓你呢？聽到你祖先的故事！不覺得震撼、難過嗎？」

「不會呀！他們最終是撐過來了，我才能在這裡，不是嗎？」沙賓總是用活在當下的微笑注視著我。

那是一種不需要矯飾的溫暖。

眼角泛起淚光，我低下頭品味著沙賓方才說的話。

我們人類真的很愛過度注視自己過去的傷痕，而狼的眼神，卻是永遠望向前方。

「而且……」沙賓緩緩開口道：「妳想想，妳的爸媽為什麼把妳命名為『雪』碧呢？」

我驚訝地抬起頭。

「難道，這其中一點關聯也沒有嗎？」沙賓偏頭一笑。「也許他們是無意識、冥冥之中就這樣取了妳的名字，但……我認為這種『冥冥之中』，才是最具意義的地方。」

原來如此，傳呼沙賓到我身旁的，或許就是我們的祖先們吧！

這是我第一次相信有靈魂不滅這件事！

雖不明白我們此刻面對著什麼，但往醫院探視翠祖母的路上，我並肩與沙賓一起行走的腳步，終於變得堅定。

十一、計中計

到達醫院後，我與沙賓為了避人耳目，沙賓並沒有大剌剌跟著我進去，我們保持著一段距離，以尋找翠祖母的病房為優先。

「雪碧，下課啦？」媽媽溫柔地望著我，其他親戚和堂弟堂姊都來了，病房很熱鬧，但翠祖母臉上戴著氧氣罩，眼神很黯淡，顯然沒什麼精神。

我努力做出充滿元氣的模樣，讓自己看起來更像個剛下課的普通高中生。

「今天市長派人跟你爸爸簽牧場的約，我們也會開始物色城裡的新房子。」雖然祖母住院，但媽媽一開口就跟我說了好消息。

我笑著點點頭，沒太認真去思考城裡的房子怎樣的，只是……連我們都搬進城裡，那翠祖母怎麼辦？

「醫生檢查了妳祖母，確定是電磁波過敏！這個病不是三天兩天就能好，如果我們搬進城裡，離醫院就只有半小時路程，隨時照顧祖母都很方便。」

「但是醫院也都是電氣、電視訊號與電磁波耶！祖母待在這裡只會越來越嚴重吧！」我反問。

難道那個遠離塵囂的小屋已經不能保護祖母了，只好把她送到充滿電磁波的城內醫院嗎？

「我覺得居家照顧祖母比較好。」我堅持地說著，但大人們只顧著談以後的祖母照護分工事宜，沒人認真聽我這個孩子說了什麼！

祖母氣若游絲，手腳浮腫，臉上甚至起了過敏的疹子，讓她住院真的會比較好嗎？我記得小時候祖母也曾因為同樣的原因入院，當時最後撐了四天，甚至引發嚴重的嘔吐，祖母幾乎是半求半哭地讓大家幫她辦出院。

而當她獨自隱居回林子之後，病情就一直穩定至今。

我想起翠祖母樹屋外那些暴斃的斑鳩，難道牠們也是電磁波過敏？

「一定有別的原因。」我正想得出神，祖母勉強抬起手臂抓住我。

「雪碧……」她認出我的眼神充滿暖意與欣慰，讓我很感動。「妳來看我啦？」

「是的！我五分鐘前來的。」

「那頭狼……還跟著妳嗎？」祖母用沙啞而虛弱的聲音問道。

「什麼？是說沙賓嗎？」我倒抽一口氣。

原來祖母竟然知道沙賓的存在？還好滿屋子的親戚仍在聊天，沒人在乎我們說了什麼，我連忙湊到祖母耳畔輕聲確認道：「您看過沙賓了？」

「一頭銀白色的狼，雙眼是金色的，很睿智的模樣，每次妳來我小屋外頭，都看得到牠安靜忠誠地在窗外等著妳。」

「真的嗎？」我根本不知道沙賓每次都悄悄跟來守護著我，更不知道祖母全都看在眼底。

「難道，前幾次祖母心不在焉地望著窗外時，都有注意到沙賓？那您怎麼不直接問我呢？」

「我不確定雪碧是否也看得到，若是我隨口說了，造成妳的恐懼就不好了！」

「您大可以問我是不是知道這件事啊！」我不懂祖母是在鬧什麼彆扭。但看到她毫無惡意的模樣，我也不可能苛責她。

直到聽完祖母接下來的解釋之後，我才恍然大悟。

原來，祖母那一代都會對著家族的小女孩傳承白狼的故事。內容大概跟我在剪報上讀過的軼聞沒有兩樣。

「其實啊！我終其一生都在等待那頭白狼，但想到祖先的預言說，只有彼此有難時才會相遇，那麼，沒有遇到這頭狼或許也是一種幸福吧！只是，我始終質疑著這個傳說的真實性，再加上我們家族並沒有特別傳承什麼魔法能力，因此我就寧願將它當作一個不重要的野史故事！沒有再轉達給妳和妳媽媽。畢竟，像我那樣盲目期待著白狼來到，實在是為人生增添不必要的困擾啊！與其抱持期待狼來幫助妳的這種天真想法，不如好好和家族安靜過生活。我們的先祖因為魔法而惹來殺身之禍，每個家族都不斷改名換姓，還移到外地展開生活。妳生在一個太平時代的平凡牧場家庭，已經是種萬幸。若妳還要故意去使用魔法，可能會像歷史那樣，帶來殺身之禍啊！為了守護妳的性命，我絕對不承認妳有任何施展魔法的可能性。」

原來祖母打從心底否定這整件事。

我理解地點點頭。的確！我第一次聽到沙賓的來意時，不也把他當成神經病了嗎？

正當我疑惑著要不要對祖母一字不漏地吐露實情時，祖母低聲地問我：「妳最近還

好吧！手腕那是擦傷嗎？」

其他家人都沒看出來的，祖母一瞥就看見了。我連忙將手腕縮進秋季的牛仔外套中。

「沒事！這是在學校跌倒弄傷的小傷啦！」

「通常狼出現時，就表示我們這邊的家族有難！」翠祖母努力從病榻中坐起，用琥珀色的深刻眼神望向我。「妳和爸媽都還好吧！先前牧場差點倒閉，應該跟這個沒關係吧！妳既不會魔法，那頭狼應該也沒辦法幫妳爸爸討回錢，這背後是否有什麼隱情呢？我只是希望妳們一家都健健康康的。」

「我們沒事呀！今天爸爸已經跟律師簽約，暫時把牧場交出去給市府保管，而且也會拿到一筆款項，媽媽剛剛才在跟我討論要在市區買新房子呢！」我認真地笑著回答道，不只是不希望祖母擔心，而是這真的沒什麼好擔心的。

「搞不好沙賓是為了祖母的病而來的！並不是為了我。」我換個角度打趣道。

祖母不開心地搖搖頭，既然她已經表明不願管魔法的立場，我就不該拿最近的怪事麻煩她。

「總之！終於跟妳談過，我也放心了。那隻白狼！就當作牠只是來探望我們的吧！小時候，其實我看過一次，當時我是個無憂無慮的小學生，跟著同學去森林裡游泳，親眼看過牠遠遠地隔著草叢望著我，但也就那樣了，什麼都沒發生。那已經是六十年前的事了啊……」祖母虛弱地喘著氣，因為過敏而浮腫的雙眼也幾乎快要閉上。

為了跟我交待這些，可憐的祖母已經用盡全力了。

我伸手撫摸翠祖母的臉，替她擦去冷汗。比起我和沙賓遇到的不明危機，祖母後續養病問題也是此刻必須解決的。

「祖母，我把您的樹屋整理一下，先辦出院好嗎？」

「當然，我一刻也不想待在這裡！除了吃些止暈止吐藥之外，他們什麼也沒辦法，還在我身上接了一堆電子儀器。我都已經電磁波過敏了，遲早會在這裡被虐待致死！」因為過度憤怒，祖母邊顫抖邊咳嗽。

我又花了一些時間和其他親戚溝通這件事，雖然被臭罵一頓，但大人總算暫時同意要讓祖母出院。

只是，親戚們也一致要求，要由離祖母家最近的我們一家，天天去照顧她。

「這當然沒問題！」我答得比媽媽還快。但媽媽因為牧場成交的事情而顯得心情不錯，倒也沒說什麼。

而就算今天再怎麼奔波，人還是該回家的。今晚就暫時將祖母接回我們家休息，但祖母堅持屋內電器太多，她要一個人睡穀倉，我們也只好照辦了。

一回家就聞到牛排與紅酒的香氣，看來爸爸已經提前準備好晚餐，要慶祝今天的成交了。

我偷了一些肉給屋外的沙賓吃，雖然多少吃了一些，坐在廚房門階前的沙賓卻顯得心神不寧。

「牧場已經被賣了，妳不難過嗎？」

我沒想過沙賓會問我這個問題，畢竟狼應該不會喜歡其他草食動物才對。而除了頭幾天動物看起來較為緊張之外，其餘的時間裡，牠們倒也都能自在地面對沙賓。

或許，動物們都知道沙賓是以守護者的身份來的吧！

「嗯……雖然很失落，但爸媽以後上了年紀，居住城市，做城裡的文書工作應該也沒有壞處。體力活對她們來說太吃力了，爸爸腰也不好，媽媽也很操勞。而且，以後這裡還會是牧場，只是會換人經營，動物也都會做保留。」

「這樣啊！但這個牧場沒有雪碧在，一定會大不相同。」沙賓語氣犀利地聳了聳肩。

「沒辦法！我能做的事情有限。」沙賓的話讓我感到很困擾，感覺原本整理好的嶄新心情又被潑了冷水。

我主動中斷了這個話題，毅然對沙賓說：「我們先到處去巡一巡，接著就到醫院探望傑德吧！畢竟，還是得搞清楚他們家發生了什麼事！」

出門前，我望著沙發上喝得幸福而微醺的爸媽，又到穀倉探望了睡著的翠祖母，祖母身上的過敏現象稍微好了點，臉上的疹子已經消失不少，但短期間恐怕也無法太有活力。

「沒關係！我去去就回。」我在心中對祖母告別，跟著沙賓前往傑德入住的醫院。

雖然深夜探訪病人有些不禮貌，但傑德正好在望著電視發呆，一看到病房窗外的我們就猛招手。

「真是太謝謝你們救我了！聽消防隊員說是一個金髮辮子的女生和一個瘦瘦的黑髮男生，我就想到是你們。」

我們寒暄了幾句，得知傑德的爸媽雖在火災中嗆傷，但生命跡象穩定，目前正在另一側的醫院大樓休養中。

「還好我只有骨折，算是命大了，我爸媽因為嗆傷，要說話也無法好好說，但至少命都撿回來了。」

「為什麼會發生這種意外呢？是火災嗎？」我擔憂地問：「消防隊員有來問你話嗎？」

「有啊！但我也告訴他們不是火災！清晨五點，我爸媽已經起床準備去果園，忽然就一陣天搖地動，當時我還在被窩，根本來不及起床啊！」

「所以是地震嗎？」我警醒地與沙賓互看了一眼。「但我們迦農市昨天都沒有任何地震的目擊者，怎麼可能只有傑德家地震呢？」

「那你們家的果園還好嗎？」沙賓問。

我們鎮上從事果樹種植生意的人家，腹地大多位於迦農市東側，那距離傑德家是大約二十分鐘的路程。

「不知道。」傑德聳聳肩。「不過，果園最近正在談買賣，如果不趁冬天賣掉，價

格就會不好了。先前就勸我爸媽早點賣掉、搬去市中心住，他們偏偏不聽；現在房子沒了，又需要醫藥費，果園的地價也高不了……真不知道怎麼辦！」

我與沙賓面面相覷。

這個情形，怎麼有些熟悉呢？

「傑德……」我緊繃地問道：「是市政府的人要來買你家的房子，對吧！」

「是喔！是我們沒錯。」一個亮麗的女聲從身後傳來。

深夜的病房門口，站著一位身穿套裝裙的女性，她就是前幾天來我們家談論牧場買賣、讓爸媽都心花怒放的女律師珍娜。身旁跟著一個梳著油頭的傢伙，如果我沒記錯的話，他是市長秘書克羅。

「這是市長得知你們家有變故、特地贈與的撫恤金，如果你們還願意的話，那塊果園我們也可以在這幾天敲定買賣，替你們籌措生活費和醫藥費。」

我盯著氣定神閒、笑容可掬的珍娜，一向擁有銳利眼神的沙賓卻友善地望著她陪笑。

「真是太好了呢！傑德。」我也連忙順口說道。

珍娜滿面春風，即使是深夜了一臉妝容仍完美無瑕。「啊！雪碧小姐，抱歉現在才認出妳來，今天與令尊的簽約很順利呢！」

「我有聽說了，謝謝妳喔！」我掛起笑容。

「是我們該恭喜妳們才是，歡迎搬到城市裡來。」市長秘書克羅風度翩翩地朝我微笑，還用力地握了握我的手。

「傑德，方才我們已經和你的爸媽談過，明天等他們體力稍微恢復就會簽約了。」從剛剛到現在都一直摸著撫恤金錢袋，露出驚喜笑容的傑德，此刻當然只有點頭的份。

我和沙賓小心翼翼地盡量藏起自己的防備，但看著珍娜與克羅犀利中帶著笑意的眼神，要說我們完全沒走漏出不信任感，大概也是太天真了。

他們離去之後，我和傑德聊起學校的事時，沙賓和我的默契依舊。

「我想等等去跟蹤他們！」沙賓一用心靈傳呼的方式說完，我立刻覺得這是個聰明但也危險的舉動。

他們跟傑德的意外一定有關！光想到這點，沙賓就無法按捺地先行離開。

和傑德聊了幾句後，我也該動身了。

「可以幫我保管書包嗎？反正這幾天放在醫院也用不到。我看到這東西只會更鬱悶。」傑德將撫恤金自行收起，但把方才珍娜與克羅留下的一些資料胡亂塞進書包。

道別之後，我匆匆趕到醫院外頭與沙賓會合。

「我有看到他們的黑色座車往城裡開，現在我變身去追的話還來得及！」

「等等！你不覺得可能有陷阱嗎？搞不好，她們才想反過來跟蹤我們咧！」我一把揪住沙賓。

「也是，我們不該輕舉妄動！」沙賓重重地嘆了口氣。「那現在呢？要去哪裡調查？」

「先去傑德他們家的果園看看，我想知道那裡的果園是否都被收購了。最近市政府一直收購郊區，是不是跟所謂創造就業機會的新聞有關係？」我試著努力將最近的市政新聞兜在一起，此時，沙賓毫無顧忌地將傑德書包中露出一角的資料拉了出來。

「等等！那是傑德的私人物品欸！」

完全無視於我微弱的抗議，沙賓低頭審視著紙上的內容。

那是一張宣傳政令的海報。

「朝輕工業市鎮前進！打造沙帆新風貌！海岸線與山區的產業結盟」──海報的標題如此寫道。充滿振奮感的文字下，是插畫家彩筆繪出的高質感大幅鳥瞰示意圖。

迦農市的郊區被「整理」得十分整齊，充滿觀光牧場、果園、飯店、紡織工廠，甚至有大型購物中心與商店街。

「等等！所以說收購我們家的牧場，要進行原地管理，保留所有動物，其實也是要把我們家改成觀光牧場嗎？」我感到頭重腳輕。

雖然木已成舟，爸媽早把約都簽了，但那些動物真的能被原地保留，進行妥善的照顧嗎？

這並不是在醫院外頭頂著寒風就能得到結論的。我心急地與沙賓前往果園，打算看看那裡到底有什麼！

沙賓往黑暗中一跳，回頭時已是一身亮麗的銀毛狼身。

他轉頭朝我傳呼道：「快點上來啊！用走的要什麼時候才能到！」

「我……好！」我看傻了眼，沒想到變身對沙賓來說如此容易。「狼人不都要等月

圓才能變身嗎？」

「都經過這麼多世紀了，我們怎麼可能還像以前那樣啊！」沙賓瞇眼嗆我的同時，強烈的風已經隨著他的奔馳襲向我的臉。

「多虧這張圖，至少我們知道他們要收購什麼了！聽話的就像雪碧妳們家一樣，大家歡喜，不聽話的大概就是傑德家這樣，遭遇到不明力量的襲擊吧！」

「所以！你認為，是珍娜和克羅使用魔法的力量在暗中搞鬼嗎？」

「是的！我們現在只要找出證據就行了！」沙賓答道。

我不認為事情有如此簡單，如果找出證據，就能阻止市府的收購計畫，讓迦農回到從前？

而回到從前，真的就那麼完美嗎？

心底有了雜訊時，總是很羨慕沙賓的單純直率。我閉上眼睛伏身抓住白狼的皮毛，任由胯下這陣銀白色的夜風，將我帶往目的地！

十二、星火燎原

迎面撲來的風很寒冷，我不禁回想著，這是我與沙賓一起出動的第幾個夜晚了？將身體貼近白狼的脊椎，呼吸著沙賓茂密長毛中蘊藏的暖空氣，我雙臂環著他，忽然感到一陣睡意襲來。有夥伴在就能安心，原來是如此簡單的道理！

我們，繼續在原野上奔馳。

邊提醒自己保持清醒，我邊望著周邊擦身而過的迦農市郊區，零星的幾棟平房建築分佈，被廣大的農田、牧場、果園，綠地給包圍。這些地多半是以前拓荒人們到來時就打下的基礎，而迦農市仍算是個年輕的農牧城市，農田與果園多半也呈現出毫無章法，後代的墾殖方式，與我們手上拿的市政宣導圖截然不同。

「如果要轉型成市政海報上的那樣，會被摧毀的郊區土地，其實只佔了三分之一，大多都能原地保留，主要是土地權轉移的問題很麻煩，才會動用魔法作為黑暗的打手。」

「還有一個可能，就是根本沒有原地保留這件事，而這張圖也不敢把農地果園幾乎全毀的事情畫出來，以免民眾恐慌。」沙賓意外清晰的條理，讓我心口一痛。

「沙賓，看來你一直都不相信那些人啊！」我想起已經與市政府傻傻簽約的爸媽，萬一漢克沃德牧場以後真的被改造、動物們也被處理掉，那……

「絕對不能讓這種事發生……」我雙腿發軟，腦海中湧過千頭萬緒。

「也別擔心太多，一件一件來，合約是合約，魔法是魔法。今天我們還是該明白自己要對付的究竟是什麼！」沙賓堅定的語氣，彷彿穩定的地基般，踏實地將我托了起來。

「到了！前方就是果園了，傑德家的祖產也是其中之一。」我指著偌大的果樹腹地。

這裡與翠祖母居住的湖濱森林有所銜接，屬於同個水源地。以前夏天時，我會與翠祖母直接穿越森林來這，探訪祖母的友人。

冬天照理說是果樹休耕的時候，因此我不期待看見結實累累的盛況，只是想和沙賓進行實地考察。

為了隨時能保護彼此，沙賓並沒有恢復人形，而是低頭嗅聞著土地。

「如果我們暫時走失了，妳可以心靈傳呼我，我都聽得見。」

「好的！」先簡單地彼此約定，我們背對背地往不同方向行走，腳步踏在深邃的果

林間，因為是小時候與祖母來過的地方，我並不感到害怕。

只是，從方才一到這裡開始，就覺得這片原本該生氣盎然的土地，竟靜得如此駭人！

深夜該有的夜鳥啼歌，甚至爬蟲類竄過草葉間的颼颼聲，我一次也沒聽到。

「嗯！我也感覺到了。」變成狼身的沙賓用一貫傳呼的方式回答我的問題，在不遠處回首望著我。

彼此點頭保持警覺後，我在腳邊有了新發現……

那是一個用草葉編織而成的斷環。緊接著，跟前又是一個碎裂的玻璃瓶。

看來這裡也有魔法機關。承接能量之後，瓶身才會爆裂。出於好奇，我也將懷中喝完的玻璃水瓶拿了出來。

「小心喔！」沙賓從後方快步接近。

「我知道，我只是試試看。」我大膽將草葉環重新拉緊，套到自己的玻璃瓶上。

「砰！」擺在草地上的瓶子瞬間爆裂！

要不是沙賓用前掌將我推開，我可能早就滿臉是血……

「可見現在這種能量，隨時存在！」我努力說出從初階魔法書上讀到的概念。「而如果對方已經佈下能量網，方才這種擦槍走火，他們一定也能立刻察覺吧！」

「沒辦法囉！」沙賓咧起狼嘴笑了笑。「那就準備迎接敵人吧！」

就在此刻，我們周遭原本屹立環伺的高大果樹，竟然紛紛發出恐怖的嗚咽倒塌聲！隨後，一陣驚駭的天搖地動彷彿要將土地炸開般，讓互相緊抱的我們摔得東倒西歪。

「嗡……嗡……嗡……」彷彿能聽到地牛翻身的騷動，周遭的草葉瞬間就像被煮焦般萎縮斷裂，綠樹群也紛紛像被吸乾養分般，猛烈地傾頹歪斜。

「走！走！」沙賓一口叼起被摔在某棵枯黃大樹的我，努力逃出森林。

「怎麼會這樣！」我叫道。

被沙賓叼在嘴中的我聽到自己衣物的撕裂聲，一頭金髮迎風沾上眾多如蝗蟲般飛來的塵土。

當我轉頭看時，才發現原本的果樹林地，竟像被悶熟的鍋中野菜般，成了乾癟傾塌的深綠色植物。

彷彿這些植物已有數個月沒喝過水似的。

「沙賓……它們是缺水而死的！我祖母和她飼養的斑鳩也住在同個水源地，恐怕就是那個湖有問題，他們是喝了毒水才會出事的！」我恍然大悟。

暫時安全了，沙賓一連跑了好幾公里，在一戶廢棄民宅倉庫外將我放下。

「那些魔法瓶應該是用來標示地界的，原本還能對外維持果樹活著的假象，但雪碧妳用自己的瓶子無意間引爆了能量，才會讓整個幻境都崩毀，露出樹林荒蕪的原貌。」

我點點頭。「也就是說，上游嘉雅湖被污染的問題早就存在了，是故意讓每天經過這裡的人們看不出來，以免起疑嗎？我可憐的翠祖母竟然還一直住在那裡！直到被送醫。」

原來祖母並不是因為電磁波過敏才導致最近身體欠佳，是因為喝了有問題的水啊！

到底是誰要污染水源呢？

「這裡並沒有任何興建的工廠，恐怕水源也是被魔法給污染的吧！」沙賓與我對視一眼。

「難道！是為了要讓收購更方便進行，才污染水源，斷了這些果樹的後路！」

我為這個想法感到顫慄不已。

而方才果樹區呈現出的荒旱景象，讓我想到了稍早讀過的白狼軼聞。

「裡頭就有提到旱災！但文章卻說是白月魔女施展了這種魔法，難道……是我們的祖先做的？這不可能吧！」

「就算是我們祖先做的，又怎麼樣呢？」沙賓冷冷地望著天際的銀色月亮。「我們只要找出真正的兇手，一切就說得通了。」

「沙賓，你剛剛提到地標魔法，這種魔法要牽涉到大量且隨時充飽的能量，就像是插電型的電器，唯有持續不斷的能量，才能維持住幻境的外貌狀態、並將入侵者驅除。就像我們上次在森林裡遭遇到黑狼與獵人那樣。」我在筆記本上寫下了推理，同時也用顫抖的指尖翻回厚厚筆記本的頭幾頁。

沙賓推論道：「既然對方連湖泊都能控制，那狼和獵人大概也是被他們入侵了心智，才對攻擊我們。」

我點著頭。「我以前讀過，這種高能量的魔法，很容易去偵測到它源頭的施法者。」

「要怎麼做？」沙賓金色的眸子滿是急切。

※※

我們回到了沙賓平日棲身的廢棄小學校舍。我掏出迦農市的巨幅地圖，並在地圖邊緣點了根白蠟燭。

施行追蹤魔法的要件，就是要有能承載魔法能量的法器、血液、摘取敵人曾活動過區域的植物，配合上咒語、白蠟燭。如果身旁有擅長心靈傳呼的夥伴，將能跟周遭的生物溝通連結，協尋目標人物，再用血液去導引天地間的能量。

我教導沙賓念出咒語，自己則試著穩住心情，透過語言的力量投入注意力！「萬物一心，為我所用。追溯源頭，還我異同。異歸異，變歸變，宇宙深影，蹤跡現形！」在沙賓的咒語聲中，我刺了自己的一點血，用懷中的紅寶石項鍊將殷紅的血珠沾到地圖上，開始了定位魔法。

地圖中央，放置著從果園帶回來的一串焦草。這個法術的用意是透過回溯方式，用從對方活動領域收集到的草葉，去反向追蹤能量來源。

我滴下的血液一開始看似平凡地被地圖紙質所吸入，接下來，紅色污漬卻彷彿聽到我們的召喚一樣，開始在地圖上游動。

血漬滑行的方向，從地圖上的果樹區域，開始緩緩移動。

追蹤術奏效了！

沙賓用鼓勵的眼神對我一笑，當我倆朗讀咒語的聲音合併在一起，窗櫺開始顫動，玻璃與窗框之間發出受到強風擊打的嗚咽聲。

「專心、專心！」我一面告訴自己，一面靜待地圖上的血漬緩緩游移。

「它離我們越來越近了欸！」沙賓說。

我這才看見，地圖上的血漬一路順著我們方才移動的方向，現在竟然暈染到圖上的廢棄小學校舍位址。

這……不就是我們這裡嗎？

風靜止了。世界變得好安靜。血漬也不再移動，顯然地圖上的這塊小學座標圖示的殷紅污漬，就是追蹤法術的終點。

為什麼追蹤會回到我們身上呢？難道……

「對方到我們這裡了！」才意會過來，身體就猛然被吹開教室大門的強風捲上天花板。

「沙賓！」

只見沙賓硬生生被摔在對面的牆上，頓時因強力攻擊而恢復了人形。黑板與課桌椅猛力搖晃，隨後，一個扁平的黑影徐緩地從窗框滑進教室。

它如同深水處的烏賊般游動潛行，滿頭木屑與蜘蛛絲的我，仍在空中努力掙扎，想回到地面。

「終於見面了呀！」一個老邁卻聲如洪鐘的聲音響起，隨著地上扁塌的黑影浮現成形，一個男子的身影出現在眼前。

這個音色聽起來像是威爾斯醫生，但卻又不是。威爾斯醫生絕對不用會這種諷刺的語氣跟我們說話，我才這麼想著！就看見一身穿著黑色皮衣，外型比平常亮麗傲然許多的醫生站在眼前。

這就是……黑影的真面貌？

「呵！用這個外表做事，只是比較方便而已！」對方獰笑道，深灰色的雙眼飽含惡

意。

「你！你把威爾斯醫生怎麼了！」我努力想從空中躍下，卻彷彿有無形的枷鎖將我鎖在高空中。仔細看沙賓的處境，也跟我沒兩樣，他被固定在教室另一頭的巨大黑板底下，同樣只能抽動掙扎，金色的眼中佈滿憤怒的血絲。

「你這個下賤的傢伙！把威爾斯醫生還給我們！不要用他的身體跟我說話！」我指著眼前眼眶塌陷、一身黑衣的假威爾斯醫生。他的眼睛是極光般的妖艷藍色，彷彿隨時能將人的魂魄給吸走一般。

這個巫師到底何方神聖，目的為何？

「原來白月家族的後裔也不怎麼樣，只不過是一般的小屁孩嘛！」巫師嘲弄道。

「我對什麼家族後裔根本沒有興趣！你到底想把我們迦農市怎麼樣？」我吼著，無奈雙手雙腳騰空，我什麼也無法做，只能用眼神不斷確定沙賓是否安好。

等等！沙賓呢？他不見了？

「你是市政府的人吧！跟珍娜和克羅是一夥的對不對？到底想怎麼樣！你把我們的嘉雅湖怎麼了？」我靈機一動，連忙將視線追回巫師身上。

「哈哈，只是施展一點小法術罷了！等事情解決之後我就會拍拍屁股走人。」

我當然不相信這種道行頗高的巫師，會一口氣就說出動機，但與其陪他大眼瞪小眼，不如試著激將他看看，也許能意外得知什麼情報。

其實我已經占上風了，正是因為巫師現在十分輕敵，才會隨便現身。

「妳們白月家的魔女倒是遷移得很遠啊！本來我剛到這裡聞到狼的味道時，還不相信妳們真的存在，稍微做了一點研究，想不到只是一個裝神弄鬼的沒落小村姑，不！妳家的土地和牧場也都被我們收購了，要做村姑大概也不夠格了。呵呵！」巫師皮笑肉不笑提到牧場的模樣，的確再度打擊了我的士氣。一想到那些可愛的動物們不知該何去何從，我就感到萬念俱灰。

「打起精神！我在等機會！」此時，沙賓的聲音精準地傳到我腦海。與其露出慌張的樣子探頭探腦，我努力做出悲傷的神情，好讓巫師鬆懈。

聽巫師說「我們」，可見的確他是收購方的人，他的口音我也依稀認得，只是想不起來這是哪裡的口音。

「其實我不必親自露面也能把妳們弄死！」巫師繼續使用著威爾斯醫生的臉孔，猙

獰地對我笑道：「倒是有件事我很好奇，是什麼樣的法器，能讓妳這種小妮子短時間內學會法術？雖然都是些小兒科的法術，但我也的確想親眼見識一下白月家的傳家寶。」

就在我想著該怎麼回應時，頸間忽然扯出一陣痛楚！

「還給我！」

原本戴著的紅寶石項鍊瞬間被扯斷，往巫師張開的手掌飛去。我只能持續在空中猛踢亂打，什麼也做不了。

十三、淨化

「哦！不過就是個破石頭嘛！但這指圍也太剛好了，跟我很有緣呢！魔法啊！魔法！真是有趣！可惜魔法無法在一夕之間蓋好所有建設，不然我就發了！」巫師微笑地扯斷我的項鍊繫繩。原本對我而言尺寸過大的戒指，此刻已輕輕鬆鬆地戴到他的手上。

那個項鍊雖不是我力量的來源，卻是施展法術時必要的渠道與工具，我眼前一黑，被倒掛在空中的姿勢，也讓我的脊椎難以負荷，就在我要昏過去時，沙賓的聲音喚住了我。

「雪碧，快點再跟他多說些什麼，準備好降落。」

降落？我還來不及搞清楚沙賓的意思！甚至不知道他人在哪裡！但既然這是唯一我現在能做的事……

「喂！你這個混帳！有種把戒指還給我，我們來對決啊！」

任何資歷豐富的傢伙被他口中的「小屁孩」如此叫囂，肯定都會生氣，果不其然，

巫師用那張威爾斯醫生的臉孔獰笑起來。

「哦？看來我今晚有新玩具可以玩了，給妳臉還不要臉，看我怎麼弄死妳！」

「轟！」就在這瞬間，原本呈現半垮狀態的巨大黑板，忽然猛力砸向巫師。

「啊！」巫師慘叫鬆懈的這瞬間，我也因魔力的減弱而硬生生從天花板摔下。

一腳躍入沙賓的懷裡，他才放開我，便反身抽出教室長桌上的裁紙刀。

「來啊！」沙賓持刀往巨大黑板底端的巫師衝去。

巫師渾身被重達上百公斤的黑板壓住，只剩那陰險的十指仍在黑板邊緣掙扎。沙賓跳上前，伸手就是一砍。

「雪碧！還給妳！」我本能地接住沙賓拋給我的東西，這才驚叫出聲。

沙賓竟然直接將巫師戴著紅寶石戒指的手指一刀砍斷，直接拋向我！

「跑啊！雪碧！別愣著！」眼看沙賓抄起地上的地圖，一手反過來揪住我，我這才鼓起勇氣，使勁將戒指從巫師的斷指上拔出。

我們沒命似的跑，雖然知道巫師的能量如此強大，一定能在短時間內就擺脫黑板追上我們，但那黑板是為階梯式教室而設計的舊式原木厚板，少說也有一百公斤，為我們

爭取了不少時間。

「雪碧，謝謝妳替我引開他注意力！」

「不！你胡說什麼！我才要謝謝你救我一命吧！」我一面狂奔，一面替沙賓撥掉他身上的蜘蛛絲與灰塵。方才他躲在搖搖欲墜的黑板下，其實也是在搏命。原本就被巫師震得半垮的黑板，在沙賓的奮力一推之下，形成了我們的最佳武器。

即使力量微弱，還是能有所作為。

我們逃離舊校舍，回到了一望無際的原野，雙腿這才無力地停下。

夜晚的星宿依舊明亮清澈，遙在千萬里之外的它們，彷佛只是這場鬧劇的旁觀者。

「雪碧……」沙賓喘著氣回頭問：「我要問妳一件重要的事！巫師的指頭！妳該不會覺得噁心就隨手扔掉了吧！」

「不！」我厭惡又害怕地摸了摸口袋。「說實在的，剛剛連好好丟出去的時間都沒有！只管跟著你跑……」

「那就太好了。有了施法者身體的一部分，只要針對它做一些魔法處理，就能削弱對方的力量。」

「啊！我知道，這是德魯伊魔法的禁錮咒。」我還是讀過不少魔法書籍的。原本以為徒勞無功的那些日子，因為自己的堅持，仍意外地學了些東西。

德魯伊的魔法講求天地之間的平衡、並向大自然借力使力，是力量微弱的我少數能施行的魔法。

即使力量薄弱又何妨？懂得使用適當的道具並向萬物力量的來源祈求幫助，才是真正的效益。

踏著薄弱的晨光，我與沙賓來到尚未被巫師染指的森林中，在泥土地上雙膝跪下。慌亂之中，沙賓也將方才我們施展追蹤術的道具帶來了，不得不佩服他的膽大心細。追蹤定咒，其實就是一種鎖定的咒術，就像槍口瞄準對方，只等待隨時扣板機一樣。只要有被追蹤者的血，就能讓對方瞬間精力大傷。

不過，要是沙賓沒把這些東西一一撿回來，我此刻的知識也徒勞無用。

「巫師雖使用了威爾斯醫生的身體，但這是一種巫毒喪屍術，他若沒有將自己的血灌注到屍體中，就不可能用威爾斯的外表來掩人耳目。」沙賓分析道：「所以我們拿到這個斷指時，基本上也已經採集到巫師本人的血了。現在我們就可以讓他使用的肉體作

廢，並消耗巫師本身的精力，達到箝制的效果。」

重新攤開地圖後，我鼓起勇氣掐緊那根斷指，擠出裡頭的血液。

「嘶！嘶！」血一碰到方才施行定位咒的地圖，就發出硫酸侵蝕般的駭人聲響，地圖貪婪地吸取著巫師的血液，而血漬更是如污染大地的黑水般不斷蔓延，將整片圖紙染成深紫色。

其中，地圖上的嘉雅湖圖樣更是吸入了大量的血漬，成了整張圖顏色最深的黑紫色。

「施法的重心的確就是嘉雅湖沒錯，這張圖反映出那位巫師在哪些地方注入最多的黑能量。」沙賓眉頭深鎖。「妳看！果園與我們先前遇襲的森林位置，顏色是第二深的。」

我問：「那如果我們移除巫師的所有能量，是否就能解除湖泊那裡的黑魔法呢？」

「應該是這樣沒錯！但這個法術就比較艱深了，恐怕我們還需要點時間去了解。」沙賓嘆了口氣。

雖然再度體會到如霧霾般的深切無力感，但我專注一心，決定將此刻要施展的法術

先完成再說。

如果現在做對了！就能爭取更多時間！

「萬物一心，為我所用。風之言說，定其枷鎖，大地母親，氣脈同遊。箝制，控制，壓制，抵制，四方之力，抵擋千軍！」我們重複著咒語，用染成紫黑色的地圖將巫師的斷指包覆起來，埋進土地中。

紙團上方，使用草環與我的頭髮交雜編成細繩，再沾染指尖的血液，形成封印紙團的阻力。

為了深埋紙團，沙賓在上頭疊了一層又一層的沙土。

他的黑髮與白色襯衫被汗水浸濕，而我也因為疲憊而幾乎喘不過氣。

只是一個削弱敵人力量的法術，就耗費了我這麼多精力。

「不！應該說是多虧有德魯伊的大地魔法借我力量，我和沙賓才能完成這個法術。」我試著樂觀一點，換個角度替自己打氣。

接下來我們只需要弄清楚，淨化湖泊、擊退惡能量的方法就行了。

再恐怖的長夜，都有終止的一刻。

在我們踏上歸途時，東方升起了美麗的太陽。蜜金色的晨光，使沙賓炯炯有神的眼瞳更加和煦。

越是這樣疲憊地迎接清晨，越是覺得此刻有彼此，真的很好。

但我們仍無暇話家常，而是努力推論巫師的身份。

沙賓屈著手指，邊算邊問道：「像現在這樣只要使點魔法，就能讓人們乖乖出售農地、果園、各種祖產，除了市政府之外，還有誰能得利益？」

「承包商吧！啊！」我想起巫師方才說過的一段話。「他方才說『可惜魔法無法在一夕之間蓋好所有建設，不然我就發了』，當時我就肯定他是『萬象』建設那裡的人。而至於這個『萬象』建設……那天我好像也看過他們陪同市政府的人一起來拜訪過我爸媽。」

「『萬象』啊……前陣子我最討厭的社會課要做剪報，我還拜託我隔壁座位的女生隨手幫我剪了交差呢！

「你！」本想斜眼吐槽沙賓，但現在不該浪費時間。我伸手接過沙賓從背包中掏出的剪報。

「橫掃沃魯思的企業家！創業故事講座，台下青年一片熱淚！」新聞標題是這樣下的，內容大多是一些講述萬象建設的創辦人如何飛黃騰達的經歷。

等等！沃魯思？我與沙賓面面相覷。

「白月魔女傳說故事的背景地點，就是沃魯思啊！」沙賓驚叫道。雖然傳說跟事實可能有出入，但說法卻多少能合得上。

「嗯！白月傳說的確有提到過，必薩家族和慕莎都是在沃魯思發跡，並且互相形成政治角力，看來有必要好去查一下萬象建設創辦人的家譜。」沙賓說。

我認同地說：「記得那位巫師說話時有種東北口音，有點似曾相識，也許巫師本身就跟萬象的創辦人有血緣關係吧！」

「家譜的話，鎮上圖書館就有，我去查就好了，雪碧妳就先回家好好休息，萬一起床爸媽找不到妳，也很麻煩吧！」沙賓貼心地推著我的肩膀，指著牧場的方向。

牧場出售後，能在那裡迎接早晨的時光也不多了，而我的確也是身心俱疲，需要好好休息。

雖然沙賓獨自調查讓人擔心，但既然我們都對心靈傳呼駕輕就熟，保持聯絡大概就

沒問題了吧！

我實在累得無法再進行任何負面思考。悄悄溜回家中，確定大家都平安熟睡之後，我也短暫地進入了夢鄉。

睡夢中，我隱約感受到胖胖數次跑到房間舔吻我的手，像往常那樣叫我起床，我也聽到爸媽在房外討論著我怎麼還不起床，上學是否會遲到之類的話題。

「早上我要請假！我生病！」勉強打起精神對他們解說完，累了一晚的我就繼續昏睡到中午。

隨著房子漸漸安靜下來，我明白家人們都外出工作忙活去了。但當我再度恢復意識時，竟是被嚴重的耳鳴給吵醒的。

「嗡！嗡！」震耳欲聾的噪音排山倒海襲來，伴隨著強烈的頭痛與嘔吐感，我勉強爬下床找到助聽器戴上。

「救救我！」

「救我！」

「不要過來、我快窒息了！」

各式各樣的求救聲彷彿千百個路人的耳語，在我的腦海深處一次引爆。

眼睛與鼻子都濕濕的，八成是感冒了，我邊撫著臉，邊走出房門想替自己倒杯熱水喝。

「砰！砰！砰！」似乎有人在敲廚房的門，我以為自己聽錯了，畢竟腦內那千百個呼救的各式聲音還在猛響，我甚至感覺天旋地轉，半爬半走，勉強來到廚房後門。

一開門，沙賓驚訝又擔憂的神情映入眼簾。

「雪碧！妳……」

「啊！」我一看自己的手，原來方才抹下的液體，不是眼淚也不是感冒的鼻水，而是血！我自己的血！

十四、加乘的危機

轉頭往廚房冰箱上的鏡子一照，我眼下掛著鮮紅駭人的血眼淚，鼻子與耳朵也都湧出了血漬。

俗稱的七孔流血，大概就是這樣吧！

「沙賓，怎麼會……」我害怕地伸出手，雙腿卻無力地癱軟，沙賓立刻衝過來一把扶住我。

「不要怕！雪碧，妳接收到這片土地上太多生靈的抗議和求救，精神上或許還能勉強承受，但身體卻無法負荷，才會出現這樣的狀況。這是妳能力增強的表現，才能捕捉到這麼多生物的傳呼。」

「牠們在……求救嗎？」我努力用面紙擦著不斷往下滑的血淚，試著鎮定下來。「那個巫師又做了什麼？」

「不！我不覺得他做了什麼事，我們昨晚不是把指頭埋在土地，暫時減弱他的力量

了嗎？」沙賓倒了杯溫水給我，能在我這麼狼狽時，還保持平常心與我交談的朋友，這世界上果然只有沙賓了。

「我想！」他繼續說：「這些求救的聲音，是從巫師透過嘉雅湖設下惡能量區塊的那天就存在了，只是妳接收的範圍變廣了，才忽然能聽到森林動物們求救的聲音。」

「就像……」我使勁在面紙中擤出血水。「就像原本只能收到迦農地區的收音機，忽然能接受到全國區域的電波那樣？」

「很好！看來妳明白了。」

我的角色在這個世界中，或許始終都是一種能量的借用者、汲取者，這些能量與龐雜的聲音來源都不是我，我只是它們的其中一個通道，光是這樣想，心情就能漸漸平復下來。

面部出血已經不重要了，我只想知道，現在該怎麼運用這種能量，徹底除掉巫師呢？

沙賓抓住我的雙手，緩而穩地將我從椅子上拉起。「走吧！剛剛試著傳呼妳卻沒回應，我就知道一定是太多雜訊，讓妳無法過濾出我的聲音。」

「等等！臨走前，我去看看翠祖母是否安好。」

我倆悄悄地沿著牧場後方的圍離走。下一幕光景，讓我喜出望外。

翠祖母竟然恢復到能下床走動了，正在穀倉門前與駱馬魯克、胖胖一起餵著雞。

而爸媽在遠處晨光下，替馬匹刷著毛的身影也清晰可見。原本平凡的一幕，在我眼底看來，卻是無限美好！

平凡和平安，原來是多麼值得感恩的一件事呀！

「走吧！」很少催促我的沙賓再度出聲道。為了怕路上我的血淚引人側目，我戴起了口罩與黑色牛仔帽，快速的趕路。

目的地當然是魔法社的社辦小屋，畢竟裡頭有許多露露社長蒐集多年的貴重資料。

其實我也不是沒想過，該怎麼除掉巫師。既然我們知道他的能量與湖泊的惡能量狀態呈現正相關，那是否可以透過移除巫師的能量，一併將湖泊恢復成原狀呢？

搬出書架上厚重的「德魯伊魔法」，我與沙賓吃力地讀著裡頭的文字，無奈事情不如我們想的簡單。讀了兩小時資料，仍是毫無頭緒。

我再度找出城鎮歷史新聞中的那篇白月魔女軼聞，也許透過溫故知新的方式，能給

我們什麼新的線索！

通篇充滿銀白色的意象，與逐漸入冬、卻依舊能呈現綠野的迦農市氣候不同。但是白狼、白月魔女、甚至文中描述的大雪，都是文中一再強調的元素。

「這邊！」我翻到德魯伊魔法最前頁的自然元素篇，指著書頁上的雪花記號。「雪代表『淨化』、『更新』。」

「我們的確是要淨化巫師污染的湖泊沒錯！」沙賓眼睛一亮。

「好的！來找找跟雪有關的淨化魔法吧！」雖然我仍不相信迦農市真的能下雪，但這是我們最後的線索了！不能輕易放棄。

「淨化包含『鎖定原污染源』與『過濾』兩個動作。」我邊念著書中的文字邊望向沙賓。他專注而溫和的金色眼眸也投射出我的倒影。

「污染源我們已經確定了，但是過濾呢？又不像是實驗課一樣拿個濾網、濾紙，就好了。」沙賓咬牙說道。

「啊！」

「怎樣？」沙賓緊繃地看著我。

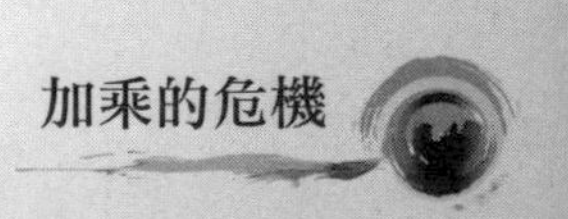

就在這刻，我腦中有了初步構想。

※※

傍晚時分，我們已經不去在意是否蹺課，滿心只想趕往郊區的盧拜商店街。這裡是近期最早進行市鎮開發的黃金地段。

「我今天早上查過萬象創辦人布恩的家譜了，可是他的故鄉不是沃魯思，也沒出身自必薩或慕莎這種古老望族。其實他是從一個名不見經傳的小城鎮來的，我查了一些新聞，他是白手起家的中產階級，竄紅過程也很快，一路買對地產、房產，坐等股票飆升，就這麼成立了萬象建設公司。」「喔！對！他等等會出席商店街剪綵典禮，還是親自看看本人再確認吧！」一小時前，沙賓與我再度討論起巫師的身份後，我們就決定到這裡來。

雖然布恩跟當年迫害魔女的兩大家族並無瓜葛，但他之所以能一路飛黃騰達的原因，倒也啟人疑竇。

而當我們注視著聲如洪鐘的布恩先生當街開講致詞，引起不少媒體大閃鎂光燈時，也可以確定他並非巫師本人。

「但巫師的所作所為，的確是圖利萬象公司沒錯啊！可惡！他到底藏在哪裡？」沙賓咬牙低語道。

「不好意思，我今天就說到這裡，等等還有要事！很高興看到迦農市越來越進步，也很榮幸萬象能參與這一系列足以名留青史的工程！」布恩語畢，不少政府高官與市井小民都同聲鼓掌。我壓低帽簷，跟報童買了份今天的報紙看。

隨意翻到社會版新聞時，看見一小條記事，上面寫了威爾斯醫生陳屍在廢校舍的消息。

「威爾斯醫生！巫師那個人渣！外貌曝光，遭受攻擊之後，就把屍體丟了逃走！」我與沙賓低聲地交換意見。

強忍著怒意將這則短短的新聞讀完時，我發現字裡行間出現了異樣。

「屍體的手指被人用裁紙刀切斷，暴徒也當場將重要證物帶走，警方清點現場物件後，將著手尋找暴徒的身份。」

「等等！為什麼記者知道是裁紙刀？這種消息只有在場的人才知道吧！」我轉頭看著沙賓。

記者的名稱為羅勃・隆斯，對照他的報導後提供的署名照片，沙賓立刻認出他就在現場。

「等等！」我小心翼翼地跟在直衝記者的沙賓身旁，以防接下來出現什麼緊急狀況。

「不好意思，隆斯先生，我是您的忠實讀者！可以請問您一下這則報導的新聞採訪過程嗎？我用一則獨家跟您交換，可以嗎？」在沙賓有勇無謀的接近下，我連忙率先擠出微笑開口。

還好，臉上的血跡擦得差不多了，記者隆斯還以為我是個對報導充滿熱誠的小女孩，親切地朝我探下身。

「怎麼了！小妹妹？」

「請問這則新聞說的屍體手指被切斷，是警方提供的資訊嗎？」

「是啊！是警察副局長克林福親自對外宣佈的消息。」記者往布恩先生離開的人潮指著。為了護送他離去，警方的幾個高官正努力地排開人潮。

其中，臉色陰沉、顯然身體狀況不佳的克林福戴著警帽，就跟在人馬最後方。

「請問克林福是北方口音吧！」我再度問記者先生。

「是的！北方，跟布恩似乎是同鄉！」

沙賓此刻已經朝前方衝去，但當克林福的銳利眼神接觸到我們時，我渾身的寒毛直豎。

冰寒滲透骨髓，光憑那一眼，我就可以確認，克林福的真正身份才不是什麼副局長！而是徹頭徹尾的巫師！

而他之所以尚未對沙賓與我發布逮捕公告，肯定是因為在魔法對決上，暫時吃了我們這種小屁孩一記悶棍，才想同樣使用魔法手段還擊！

畢竟如果動用警方身份抓我和沙賓，也就等於他放棄自己的巫師尊嚴了。

我拉住沙賓，用自己都沒想像到的勇敢口吻說出以下的話。

「就讓他來吧！魔法對魔法，唯有這樣！嘉雅湖也才能恢復淨化！」

※※

夜幕低垂時，我們在湖泊所在的山巔靜候巫師克林福的到來，這裡是沙帆東南方沃土的水源地。雖然中上游的嘉雅湖受到黑魔法的污染，但若能忍受飢寒與路途的艱辛繼續往高處走，最上游的瀑布其實仍是十分純淨的。

「瀑布的水源是最上游的，尚未受到魔法污染，而且這裡在能量學上來說，是最為純淨，既難以被污染，就是施行淨化魔法的最佳地點。」我對沙賓說出結論後，便裹上厚厚一層雪衣跋涉至此。

為了隨時準備戰鬥，也為了方便禦寒，沙賓是以狼身型態上山的，牠的銀色長毛粗硬而厚實，將內層絨毛中的體溫鎖在皮毛之下。沙賓的神態自若，更在這樣的低溫中顯得游刃有餘。

我們以一狼、一人的陣容，在瀑布簾幕後方靜待挑戰者的來臨。

自尊極高、資歷又比我們深的巫師，在經過昨夜的羞辱之後，當然沒有不來赴會的理由。

回想起事情的經過時，一切都說得通了。

恐怕布恩與克林福一路都是依照魔法，一白一黑唱雙簧地到處收購房地產，繼續開建設公司，透過魔法逼迫人們、殘害大地，並暢行無阻地收購各城鎮的土地。這群蝗蟲般的男人，最後來到了迦農市。

而克林福之所以能那麼容易來到迦農市成為副局長，許多魔法案件也紛紛被吃了下來，其中的手段大概也不難想像。

高空中仰望的星空特別清澈透亮，彷彿自己就置身於時間的長河之中，伸手就能觸碰到星星，我與沙賓相互依偎著，彼此取暖。

「現在才回想起來，當初相遇的我們不知道你為什麼要來，也不知道你什麼時後會離開，只是每天傻傻地等著我學魔法。」

透過心靈傳呼，聽得出沙賓的低沉語氣洋溢著一貫的暖意。

「雪碧！我們命中注定要做的事情，就不知不覺發生了，我們要解決的事情，也忽然就出現在眼前了。」

「但是如果魔法成功，我們迦農市恢復平靜之後！你也必須回到原本的生活去了吧！」

「嗯！回到我爸媽身邊，回到我原本的學校。」沙賓的平穩語氣讓我泫然欲泣。他明明是陳述事實，卻讓我心生反駁的衝動。

然而，我終究只是說了如下的話。

「那……可以去探望你嗎？」

「穿越好幾百公里的距離，到另一個州探望我嗎？」沙賓似笑非笑的反問，讓我覺得自己好孤單。

但這種時候，更應該率直地面對自己的心。

「當然啊！你都可以來找我了，我當然也可以去找你啊！」

我的頭依在沙賓的胸前，聽得到他笑時的喉間騷動，但卻來不及聽見下一句沙賓的答案。

因為，當我抬頭仰望時，天空降下了一把黑色匕首，彷彿壯烈的流星，卻帶著讓人措手不及的陰風。它本該筆直地插進我的頭頂，卻因為沙賓的猛然抵擋，而刺入牠的頸

背。

我分不出耳畔的是自己的淒厲尖叫聲，還是大地震動的聲音。

「所以我說小孩子終究是天真，也不懂得隨時抬頭看一看。」巫師克林福走上瀑布的巨石，手中揮舞著鐮刀般的黑色魔杖。

「雪碧，不要管我，接下來，只有妳能保護自己了。」沙賓雖然努力想甩掉頸上的匕首，染上毒液的黑色血液卻從牠濃金的眼睛流了出來。

閃耀著太陽光芒的金眸，逐漸黯淡了下來。我沒有時間哭喊，雙手還來不及放開沙賓傾頹的頭部，巫師的下波攻勢立刻朝我襲來！

十五、時間的上游

只見巫師克林福一舉雙手，瀑布上的冰涼水意便逆勢朝我與沙賓的位置捲了上來。

「妳們以為湖泊那裡才是我的勢力範圍？錯了！這個瀑布早就被我轉化成時空的交錯口，只要被吸入這裡，世界上就沒有人會記得妳們的存在！從哪裡開始，就從哪裡結束吧！」

「什麼！時空入口？」我緊抓住沙賓漸漸變冷的身體，但他的狼毛卻吸滿了瀑布回沖上來的冰水，如鉛塊般將我往下拉。我努力在兇猛刺骨的水流中睜開眼睛，而如同巫師克林福說的，瀑布的水幕上，竟顯現出一波波詭異的七彩光芒。

難道克林福真的強大到能將瀑布轉化為時空的入口？

那這入口……又通往哪裡呢？

「消失吧！」克林福舉杖猛力往瀑布的巨岩上一插，水流便猛力將我往高空中捲抬。

瀑布的水幕上出現了投影般的激昂場景，瀑布深處盡是一望無際的雪景荒原，我此生從未到過那裡。

這時，我才真正明白，瀑布的後端真的是巫師克林福使用惡能量所強行接通的另一個世界。

「不要想得太美了！我死也不過去！我要留在這裡！和沙賓一起！和我的家人，我的牧場一起！」我吼道！任憑惡寒的水流沖進我的眼睛與口鼻！

「沙賓已經不在這個世界上了！」克林福冷笑道：「呵！如果妳到另一端去的話，或許還能找到他吧！」

我試著不把這種打擊士氣的話聽進耳裡，因此，此刻耳畔早已充滿了千萬生靈的哀號求救聲。

「救我！」

「不要放棄我！」

「快不能呼吸了，誰來幫幫我！」各式各樣音色口調的呼救，就像昨天早晨喚醒我的那陣千萬呼嘯，雖讓我的身體難以招架，卻也是我力量的來源。

「看來，終於接通了！」我回想起半小時前與沙賓先到此佈置好的淨化手續。首先，必須在作為陣地的瀑布周遭畫好德魯伊符文，邀請大自然的生靈意念進入我體內，為我所用。雖然比預期的速度慢了一點，但牠們的力量也終於抵達了。

「在此宣佈，淨化湖泊的惡能量，儀式開始！」高舉頸前的紅寶石項鍊，我努力在空中的湍急瀑布冰流裡做出宣告。

「萬物一心，為我所用。水之純善，雪之昇華，大地母親，氣脈同遊。回歸吧惡水！回到你原本的主人身邊去，進入他邪惡的靈魂裡！」我高聲嚷道。就在這瞬間，頂著我的瀑布水流立刻有了回應，它不再將我反衝猛壓到水幕的另一端，彷彿連這陣水流都開始知曉要反抗巫師了。

隨著水流力量的削弱，我凍僵的雙手雙腳終於回到地面。

「轉移，四方之力！過濾，淨化千軍！」我持續喊出魔法口令的同時，克林福猛然跪地哀號起來。

「啊！啊！妳對我做了什麼！」他掩面發出被酸液澆蝕般的痛嚎，大量的水開始從克林福的口、鼻、眼睛，傾瀉而出，他的眼珠彷彿泡了水的醃章魚，舌頭吐了出來，十足的將死之相。不過，不管再怎麼掙扎瘋叫，都無法抵擋湖泊的數百噸惡水從克林福的體內湧出。

是的！那是被污染的湖泊的水，此刻正透過克林福的身體，將他當作濾紙般大量篩濾、回流。從克林福七孔湧出的洪流，滲入他腳下的岩石，回歸到瀑布裡。

「咳！咳！咳！嗚……呃！嗚……」克林福的喉間原本還能不斷掙扎並發出溺水之人的氣息切斷聲，此刻只能順服於大地的反撲。

我渾身發抖，眼睛再度流出了血，讓這麼強大深邃的自然力量流經我的體內，又將湖泊的水透過克林福被過濾轉移，非憑我一己之力能做到，我只是一個渠道，一個力量傳輸的橋梁。

但其實要借用萬物的能量，也是十分吃力的事。

我很可能會死在這裡也不一定。

一面瞪視著克林福的慘相，我持續高聲念著咒語，緩緩爬向冰冷的沙賓身旁旁。

我吐出最後一口血水時，克林福的身體已經僵直。奇異的是，他底下的瀑布岩塊卻仍兇猛地吸乾他的體液。最後，方才還能擲出毒匕首殺害沙賓的巫師，已經成了濕漉漉

的一攤焦黃色黏液。

「嗡……」彷彿感受到巫師的力量正在消逝般，克林福原先透過瀑布所製作出的時光入口也正在崩解，瀑布水簾上的那片雪景逐漸變得模糊不堪。

「沙賓！沙賓！」我捧住沙賓沉重的頭部時，他勉強抬起眼睛，金色目光釋放出最後的一點暖意。

「雪碧！來世再見了……」沙賓氣若游絲。

「什麼來世！我不要來世！你活過來啊！活過來啊！沙賓！」我哭喊著，像以前一樣使勁抗議著，搖動著沙賓毛茸茸的銀白軀體。

但他不可能再回應我了。

「來世」這個詞，實在太沉重，太難以理解了。我崩潰地哭了出來，身後瀑布的嘶嘶聲震耳欲聾，讓我一陣暈眩。

看著瀑布後方那片雪景，我想起了白月魔女的故事。

「當白月照亮夜晚，喚聲突破了鐘響，那就是我們重逢的時候。」

至今仍不知道這句話是魔女對狼說的，還是狼給魔女的最後訊息。但望著眼前開始

如殘蠋般搖曳閃爍的瀑布時空入口，我站起了身。

「當喚聲突破了鐘響，鐘響……是指時間嗎？喚聲可以突破時間？」我喃喃說著，奮力拖起疲軟的步伐衝向瀑布。

即使可能性只有一分一毫，也要去試。

當我伸手去搆住瀑布水簾的另一方時，雪景已經不復存在。但耳畔卻能清晰地聽到那片熟悉雪景的歌聲。

有位女孩在唱著我不知曉的語言，而身旁的公狼用嚎聲唱合著。雖然已經看不見另一個時空的場景，卻能聽見他們豪邁而快樂的歌唱。

或許我的身體是來不及回到舊時空，但聲音呢？聲音還來得及傳過去！

「給一九八九年索維奇的沙賓，快到雪碧身邊！雪碧需要你！沙賓！找到迦儂市的雪碧，我有個任務要告訴你，這次，要小心黑色匕首！千萬小心！」我扯起嗓子，朝崩毀的幻境拼了命地叫。

如果連往另一個時空的可能性真的存在，那即使未曾親抵另一側，一定也能讓自己的聲音傳過去吧！

如果時空是索狀的長河，當我改變了上游時，下游也必定能跟著改變。所以巫師克林福剛剛才想把我丟回別的時空去，讓我一開始就不存在於這裡。

反之，當我努力將自己的訊息傳呼給幾個月前的沙賓，或許這可能性，還比直接跳進幾百年前的雪景高多了。

「幾個月前的時間距離罷了！或許真的能傳到吧！」

記得我們剛相遇時，沙賓說是一個不知名的聲音引導他前來的。

如果時光能倒流重來，搞不好！搞不好沙賓能夠逃開方才的巫師匕首。

不知道聲嘶力竭地在冰冷的瀑布中喊了多久，我的肌肉早已被刺寒的激流給沖得僵硬。

「看樣子是沒有用了吧！巫師死去，入口也崩解，我的聲音或許來不及回傳，來不及警告沙賓了。」我心灰意冷，連生命跡象都要失去的同時，已經無法多加思考了。

「活下來，我要活下來……」雖是這麼想著，我已經沒有體力拖著凍僵的軀殼回到安全的岩岸，一失足竟踩了個空，就這麼隨著水流墜入深谷……

雙手努力地撈著、觸著，我勉強抱住了沙賓的遺體，雙雙沉入黑暗的激流之中。如果大地之母要帶走我的最後一點體溫，那就從了她吧！

我已經……盡力了。

※※

很冷！這是我第一個感覺。雖然冷，但身體與衣服的濕漉漉觸感，卻又泛著暖意。我到底在哪裡？眼皮沉重，想張開卻覺得一片暈眩，感覺頭頂上有白光籠罩。

或許到了是天堂吧！鳥兒的輕盈鳴唱映入耳畔，我摸了摸空蕩蕩的耳朵，助聽器早在瀑布對戰時被沖得不知去向，我使勁想翻身，胸口和背部卻一陣刺痛。

原來我正臉部朝地，趴在溪畔的林蔭石岸上。細小的碎石在身上留下了不少傷痕，我撐開雙眸時，刺眼的眩白日光毫不留情地竄進瞳孔。

連忙低下頭抵擋陽光，我防備地舉起手臂，卻只見到手掌上都是岩石劃過的傷痕，腳的模樣也好不到哪去。

但我終究是活過來了吧！

「沙……沙賓？」恢復意識後，我終於銜接上方才閉眼前的最後一個意念。沙賓呢？

「沙賓！」沒了助聽器，只能聽著自己沙啞又充滿哭腔的聲音，迴盪在滿是碧金綠意的森林中。

我瞇著眼回頭，確認自己的位置。

這裡應該是瀑布的下游河床，位於翠祖母的森林東南方，我們那塊賣不出去的地就座落在此。

小時候我經常到這裡來釣魚，因此認得這裡的地理位置。

既然我被溪水帶到了這裡，沙賓的遺體一定也在不遠處吧！

「沙賓！」我呼喊著。因為想到他已不在人世，遺體更不知流落到何方，此刻的我再也無法承受，崩潰地大哭起來。

心痛到無法去想其他事，肚子餓了，身體全是傷，濕透的衣服與髮絲全都糊糊地黏在身上，這些都無所謂了。不知道過了多久，連太陽也彷彿放棄我似的，慢慢西轉，帶

走了肌膚上的唯一溫暖。

林間起霧了。視線再度變差，看也看不清楚，聽也聽不了什麼。一無是處的我感覺身心都成了一片可悲的空白！我枯坐在河畔，等待著眼淚流乾的那一刻，白茫茫的霧像在嘲弄我似的，從四面八方湧來。

「沙賓……」我心想著，自己該怎麼走回去，等我回去之後，一定要再來尋找沙賓的遺體！

彷彿在回應我一般，遠處傳來了一陣騷動。是溪水被踩踏而裂開的清脆聲響，聲音靈活而充滿節奏，好比夏日的陣雨一樣清甜而積極，毫無敵意。

聲音越來越近，水聲朝我而來。

白霧之中，有人正涉水而來！

當我的雙眼終於看見眼前的一切時，那對熟悉的白狼金眸飽含笑意，直勾勾地凝視著我。

我被對方撞倒在溪床上，溫暖的皮毛壓在我胸口，耳邊是一陣濕滑的舔拭。如果這事發生在四個月前，我肯定會誤以為這又是與牧羊犬胖胖在原野共度的午後。

但現在，親暱撲向我的，是那頭銀白色的狼。

是沙賓！我的朋友。

「笨蛋！為什麼不傳呼我！原來你還活著！」我語無倫次，只知道自己又成了沙賓身旁那個任性又壞脾氣的女孩。

「我試著傳呼妳，但卻好像丟球出去，直接碰壁一樣，妳的心好像是一座好高的屏障，完完全全地無視我啊！」沙賓使勁用狼掌朝我的背部一拍。「我才是被無視的一方耶！要生氣的應該是我啊！」

「沒想到真的奏效了，你真的活過來了！」我的眼淚這才因為過度喜悅而流下臉頰，沙賓卻斜眼看著我，一臉不解。

「什麼東西！是妳才死了啊！剛剛對戰的時候好不容易消滅巫師克林福，妳卻跌倒滑下瀑布，逼得我也只好趕快追著跳下去！關鍵時刻最不可靠的就是妳了！」沙賓的冰冷指責聽在我耳底，卻悅耳又愉快。真好！我們都活下來了，能像現在這樣拌嘴吵鬧，真好！

我喃喃地摸著沙賓厚軟的狼腦袋。「可是，難道你沒有記憶了嗎？啊！是因為你有

注意到匕首，所以沒事嗎？因為我改變了時間的上游，預先警告了你；所以在這個時空裡，你就活下來了，是這樣嗎？」

「匕首？是說巫師用來射我的那把黑色匕首嗎？」沙賓一臉不屑。「這種事情我怎麼可能不注意啊！那個聲音叫我來找妳時，一直說匕首匕首的，倒是我努力跟妳解釋了，妳還始終不相信，過份透了。剛剛又讓我擔心，妳知道自己做了多少莫名其妙的事嗎？」

面對忽然多話起來的沙賓，我感受到他的心急如焚，但面對怎麼解釋他也不會懂的複雜前因後果，我只能緊緊地抱住他的頸子。

一切都有了答案。原來傳呼沙賓到我身邊的聲音，並不是先祖的呼召，而是我自己啊！

是的！什麼都不用多想，在他還沒離開我身邊之前，緊緊抱住他吧！

我將臉埋進沙賓厚實溫暖的銀白色絨毛中。

想起先前我倆的對話，當一切結束時，也是沙賓該回到他原本生活中的時刻。無論我怎麼希望他留下，沙賓來這裡的目的已經完結。他有自己的生活得回歸，而那是此刻

的我們無力給予彼此的。

那不如就坦然面對這次的離別吧！我揮去淚水，希望接下來與沙賓相處的倒數時光中，自己都能笑臉以對。

「沙賓……」

「嗯？」

「現在，你該送我回家了吧！明天，就換我送你離開了。」

「嗯！擇日不如撞日。明天聽起來很完美。」沙賓率直地回答。

我們涉水而過時，河底閃爍著跟沙賓眸子一樣的細碎光澤。

「唉！河底這亮亮的是啥？我今天找妳的時候一直被河底的這種東西干擾，害我眼睛很痛！」沙賓的隨口抱怨，讓我好奇地蹲下身。

手中摸到的，是金色的砂礫。

不！這不是砂礫……而是金塵，俗稱「金沙」，金子的另一個樣貌。

「沙賓……」我驚訝地跳了起來。「這是金子啊！那就是掏金客都會來河畔洗金沙的金子！」

「是能賣錢的那種金子?」沙賓還用斜眼望著我，八成以為我瘋了。但當他用狼掌粗暴地撥弄水底的塵沙時，一片片星光般的金沙全都隨著溪水揚了起來。

「沙賓!原來我們迦農市還有這種產金子的荒郊野外。」

「這不是很好嗎?」沙賓用一向冷靜的口吻淺笑道:「和我眼睛顏色一樣的東西，八成是好東西。」

後記、

原本賣不出去的土地發現了金子，重新打亂了市政府的投資計畫，簽署的合約大多作廢，我家的牧場一度落入無人買賣的窘境，但在金子熱潮確定湧現時，爸爸也透過祖產得到一筆錢，得以繼續運作牧場。

跛行的母馬佳恩因為重新得到保健品的調養，生活品質恢復了正常。

而我們手頭有錢的第一件事，就是到觀光牧場去贖回前賽馬小班。

「那隻狼呢？該不會就這樣讓他回去了吧！」小班一見到我就粗聲粗氣地說：「我都還沒好好跟他道別呢！」

「小班真的很喜歡沙賓耶！森林遇襲那天，你也自告奮勇要去找沙賓。」我撫了撫小班的脖子。

「那是因為，那頭狼跟我很像啊！很難一開始就讓外人喜歡上我們，也不想去討好誰，但妳知道嗎？妳因為那頭狼初來牧場而大吼大叫的那幾天，他可是一直很認分地在做著自己的事，雖然知道他是狼，我卻覺得自己第一次能去相信一個新朋友。」

小班說的話，讓我回憶起沙賓初來乍到那段日子，而我總像是吃了炸藥般、不信任沙賓，也常粗暴地對待他。

這些日子以來，我好像被磨掉稜角的寶石般，容易靜下心，容易專注，也更擅於傾聽了。

沙賓不只是來我身邊幫我解決危機的，就像那則白月魔女的軼聞所說的，我們是能使彼此閃耀的存在。

「欸！是要不要回牧場啊！我還要去送我的朋友呢！」小班也急躁地催促著我上馬，用發脾氣的方式和我撒著嬌。我拿下小班在觀光牧場配戴的轠繩，換上舊的牧場轠繩。而小班也迫不及待地載著我，用火箭般的有力步伐快速衝出觀光牧場的大門。

「唷呼！從今天開始終於不用載著吵鬧的觀光客小孩，一直繞圈圈了！」回漢克沃德牧場的路上，小班發出幸福的嘆息。

「對不起！讓你吃了這麼多苦。」

「少噁心了！我之所以說這些，又不是為了要聽妳道歉。」

今天是沙賓離去的日子。原本約定好為他送別的「明天」，早在一週前就過去了。

在那之後，沙賓又與我渡過好幾天的平凡牧場生活。

「我想看看萬象公司今後垮台的模樣！」、「牧場還有事情需要我幫忙吧！」、「什麼時候要去接小班？得跟牠道別才能走啊！」……

每天，沙賓都有留在這裡的新理由！

雖然我表面上總是幸福地笑著，與沙賓肩並肩行走在原野裡工作、嬉戲，但我心底比誰都清楚。

沙賓很想家。

他經常在早餐時提到他母親的手藝，也經常在閒暇時寂寞地眺望北方的天空，或許在想著他在索維奇的家人吧！

沙賓為我做了這麼多，已經夠了。該放他回到原本的生活裡，回到自由的懷抱裡。

「這才是真正祝福他的方式！」

今天，我也懷抱著這個想法，與小班來到在漢克沃德牧場外的公車站牌前。

遠遠地接觸到彼此視線時，沙賓正挺著細瘦的身體，一身黑衣配上簡單的行囊，對我們揮手一笑。

牧羊犬胖胖與母駱馬魯克，也都陪在他身旁，一向調皮搗蛋的牠們，此刻也低垂著

頭，顯得離情依依。

「我會想念妳的，雪碧。」沙賓依舊用那副真誠得無一絲雜質的金色眸子，望著我的眼睛笑，彷彿也笑進了我的心坎裡。

「再見！沙賓。我也會很想你的。」越到了這種時候，我的心情也就越顯沉重。然而，正是因為不知道何時才能再度相見，才會感到泫然欲泣。

但懷抱著想念對方的感激心情，才能真正陪伴我們度過未來的日子吧！

當公車前來時，沙賓用輕盈的步伐快步跳了上去，像個踩著音符跳舞的孩子，逗得我與胖胖都笑了。

沙賓俏皮地隔著車窗朝我們揮手，但才揮不到兩下，公車司機就急著發動油門，沙賓的五官也瞬間就離我們好遠。

越來越遠，越來越模糊。

「什麼公車司機啊！很急欸！電影裡面的司機都會等人好好道別啊！」最近常陪著翠祖母看露天電影的魯克，如此臭罵道。

我哈哈大笑，或許是為了讓沙賓記住我的笑臉，也或許是為了要讓自己記住這瞬間。

我故作豁達地拍拍魯克。「這樣也好，開得快點，沙賓就能早點回鄉見家人了，他可是有一大段路要趕呢！」

公車依舊飛快地駛向道路盡頭，穿越尚未經過大型開發的迦農市郊區，駛上快速道路。縮得越來越小的公車後窗中，可以看見沙賓終於放棄揮手，別過了頭。

似乎終於在座位上安心坐下了，直到最後，沙賓都沒有再回頭。

我反而感到輕鬆了起來，呼了口長長的氣。

「再見」這個詞本身就有再度見面的含意，因此，此刻的我滿懷感恩。

「好！一、二、三！」我對動物們發起指令，彼此早已說好了，要一起喊出這句話。

「再見！」

橘金色的夕陽輝映在山下的微小公車影子，就像沙賓的眸子一樣耀眼而溫暖。

隨著夕陽下山的速度越來越晚，這個冬天，也很快地就要結束了吧！

期待下一年春日來臨，微風開始吹拂的那一天。

（全文完）

培育文化

奇幻魔法 19

我與狼少年的魔幻任務

作者　夏嵐

責任編輯　陳竹蕾

美術編輯　姚恩涵

封面/插畫設計師　EMO

出版者　培育文化事業有限公司

信箱　yungjiuh@ms45.hinet.net

地址　新北市汐止區大同路3段194號9樓之1

電話　（02）8647-3663

傳真　（02）8674-3660

劃撥帳號　18669219

CVS代理　美璟文化有限公司

TEL／(02)27239968

FAX／(02)27239668

總經銷：永續圖書有限公司

法律顧問　方圓法律事務所　涂成樞律師

出版日期　2015年9月

國家圖書館出版品預行編目資料

我與狼少年的魔幻任務 / 夏嵐著. --
初版. -- 新北市 : 培育文化, 民104.09
面 ;　公分. -- (奇幻魔法 ; 19)
ISBN 978-986-5862-64-0(平裝)
859.6　　　　104012073

※為保障您的權益，每一項資料請務必確實填寫，謝謝！

姓名		性別	□男　□女
生日	年　月　日	年齡	
住宅地址	郵遞區號□□□		
行動電話		E-mail	

學歷

□國小　□國中　□高中、高職　□專科、大學以上　□其他＿＿＿＿

職業

□學生　□軍　□公　□教　□工　□商　□金融業

□資訊業　□服務業　□傳播業　□出版業　□自由業　□其他＿＿＿＿

謝謝您購買 我與狼少年的魔幻任務 與我們一起分享讀完本書後的心得。務必留下您的基本資料及電子信箱，使用我們準備的免郵回函寄回，我們每月將抽出一百名回函讀者，寄出精美禮物以及享有生日當月購書優惠！想知道更多更即時的消息，歡迎加入"永續圖書粉絲團"

您也可以使用以下傳真電話或是掃描圖檔寄回本公司電子信箱，謝謝！

傳真電話：（02）8647-3660　　電子信箱：yungjiuh@ms45.hinet.net

●請針對下列各項目為本書打分數，由高至低5～1分。

	5	4	3	2	1		5	4	3	2	1
1. 內容題材	□	□	□	□	□	2. 編排設計	□	□	□	□	□
3. 封面設計	□	□	□	□	□	4. 文字品質	□	□	□	□	□
5. 圖片品質	□	□	□	□	□	6. 裝訂印刷	□	□	□	□	□

●您購買此書的地點及店名＿＿＿＿＿＿＿＿

●您為何會購買本書？

□被文案吸引　□喜歡封面設計　□親友推薦　□喜歡作者

□網站介紹　□其他＿＿＿＿＿＿＿＿

●您認為什麼因素會影響您購買書籍的慾望？

□價格，並且合理定價是＿＿＿＿＿＿　□內容文字有足夠吸引力

□作者的知名度　□是否為暢銷書籍　□封面設計、插、漫畫

●請寫下您對編輯部的期望及建議：

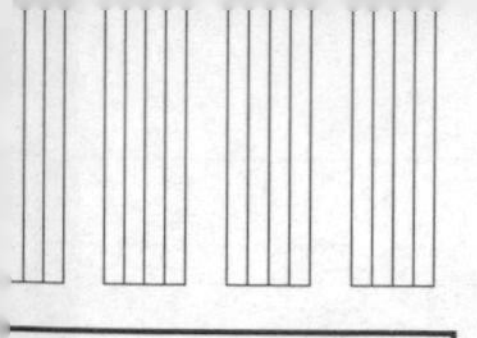

廣　告　回　信
基隆郵局登記證
基隆廣字第200132號

2 2 1 - 0 3

新北市汐止區大同路三段194號9樓之1

傳真電話：（02）8647-3660

E-mail：yungjiuh@ms45.hinet.net

培育

文化事業有限公司

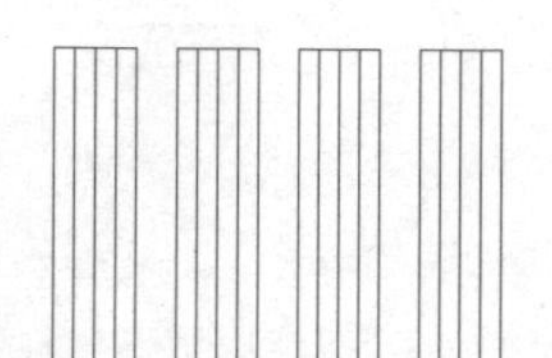

讀者專用回函

我與狼少年的魔幻任務

培養文化育智心靈的好選擇